www.tredition.de

AF204281

Thomas Wewers

# Das Pflaster

Geschichten aus dem Krankenhaus - ein Klinikclown erzählt

www.tredition.de

© 2018 Thomas Wewers
Umschlag, Illustration: Lisa Bohren-Harjes
Lektorat, Korrektorat: Elsa Rieger

Verlag und Druck: tredition GmbH, Hamburg

ISBN
Paperback: 978-3-7469-3654-3
Hardcover: 978-3-7469-3655-0
e-Book:    978-3-7469-3656-7

Inhaltsverzeichnis

## 1. EINFÜHRUNG

*Lachen hilft*

Klinikclowns! Erst in Amerika und seit den 1990er Jahren in Europa besuchen Clowns regelmäßig Kinder im Krankenhaus. Mehr und mehr engagieren sich Clowns auch für Menschen in Seniorenheimen und weiteren Einrichtungen der Altenpflege.

Denn: Lachen hilft! Es stärkt das Immunsystem und setzt glückbringende Endorphine im Körper frei. Kranke Kinder und alte Menschen haben die besten Clowns verdient. Deshalb sollten die Clowns speziell geschult und ausgebildet sein.

Ich hatte das Glück, sieben Jahre lang Clown beim Klinikclownverein Clownsvisite e.V. zu sein. Zwei Jahre lang war ich 1. Vorsitzender des Vereins. Ich war die ganzen sieben Jahre in der Uniklinik in Essen auf der Kinderonkologie tätig, zudem drei Jahre in der Kinderklinik in Lüdenscheid sowie in Bottrop, Dortmund und Witten im Einsatz. Das waren zwei bis drei Klinikclown-Einsätze in der Woche. Hinzu kamen die regelmäßigen Vereinssitzungen, die Trainingstermine, der Jahresworkshop mit jeweils drei bis fünf Tagen, Vorträge, Spendenübergabetermine, Sponsoreneinsätze, Sommerfeste, Galas ...; eine intensive und emotional dichte Zeit neben der Arbeit in meinem »normalen« Job.

Oft wurde ich von Freunden, die noch keinen Klinikclown-Einsatz erlebt haben, gefragt, was macht ihr da eigentlich?

Lassen wir mal Clownsvisite zu Wort kommen – hier könnt ihr mal in den Text der Internetseite des Vereins hineinschnuppern – den ich größtenteils mitverfasst habe. (Ich erwähne dies nicht, um anzugeben, sondern damit keiner denkt: Hat er einfach mal abgeschrieben).

Schnell wird klar, dass es nicht reicht, einfach eine rote Nase aufzusetzen und lustig über den Krankenhausflur zu hüpfen, auch, dass wir keine Shows spielen oder Vorführungen geben.

*»Unsere Clowns verbinden Einfühlungsvermögen, Beobachtungsgabe und menschliche Reife mit handwerklich »clownischem« Können und künstlerischem Talent. Ein intensives Bewerbungsverfahren, regelmäßige Weiterbildungen und Coachings garantieren die hohe Qualität der Klinikclowns von Clownsvisite e.V.*

*Dürfen wir reinkommen?*
*Nur mit Erlaubnis der Kinder betreten unsere Clowns das Krankenzimmer. Kunterbunt, mal leise und sanft – mal ulkig laut und tollpatschig wild verbreiten sie Spaß, Heiterkeit oder Poesie.*

*Kinder im Krankenhaus sind oft psychisch sehr belastet. Unsere Klinikclowns verschenken humorvolle Momente, sie lenken ab, regen an und geben aufheiternde Impulse. Nicht nur für die Kinder, nein, das Lachen hat auch auf Eltern, Angehörige und das Klinikpersonal heilende Wirkung.*

## So arbeiten unsere Clowns

*Die Clowns von Clownsvisite arbeiten immer zu zweit in »ihrer Klinik«. Am besten ein Mann und eine Frau. Dadurch haben die Mädchen und Jungen die Gelegenheit, sich mit der jeweiligen Figur zu identifizieren. Dies ermöglicht ein vielfältiges und intensives Spiel der Clowns. Vor jedem Einsatz gibt es eine Übergabe. Eine Schwester oder ein Pfleger informiert unsere Clowns über die Kinder: Name, Alter, Krankheit, Gemütszustand und was hygienisch eventuell zu berücksichtigen ist.*

*Anschließend gehen die Clowns in die Zimmer, ohne einen vorgefassten Plan zu verfolgen. Die Reaktion oder Impulse der Kinder, Eltern, Angehörigen oder des Klinikpersonals sind Inspiration. Unsere Clowns improvisieren. Sie fabulieren und übertreiben. Sie spielen fantasievolle Geschichten, zaubern, malen, modellieren mit Luftballons, singen und tanzen, erzählen und machen Quatsch.*

*Doch es ist nicht zwingend, dass es lustig wird. Einfach eine Geschichte zu erzählen oder zu musizieren reicht manchmal aus, den Augenblick unvergesslich zu machen. Mit den Kindern, die länger auf den Stationen liegen, entwickeln sich intensive Kontakte und Spiele, die oft über Wochen immer wieder gerne Thema werden. Deshalb ist die wöchentliche Regelmäßigkeit so wichtig. Häufig werden die Clowns auch ungeduldig erwartet oder Kinder gehen nicht eher nach Hause, bis die Clowns da waren! Am Ende des Arbeitstages unserer Clowns findet immer ein kurzes Feedback der beiden Kollegen statt.*

*Mindestens einmal im Jahr geht ein Coach mit in die Klinik und gibt den Clowns Rückmeldungen, Impulse und Anregungen. Die Clowns von Clownsvisite wollen für »ihre Kinder« immer ihr Bestes geben. Darum bedeutet »Clown sein« für unsere Clowns ständige Arbeit an sich selbst.«*

Zum Glück gibt es mittlerweile viele Klinikclowns und Klinikclown Vereine – sie alle Arbeiten sicherlich in Nuancen unterschiedlich. So gibt es Clowns, die mit weißen Arztkitteln als Clownsdoktoren bewusst dem Arzt den »Schrecken« nehmen wollen, andere arbeiten nicht immer zu zweit, andere sind nicht unbedingt in Vereinen organisiert, doch gleichen sich nach und nach die Qualitätsstandards an. Dies ist sicherlich auch dem Dachverband der Klinikclowns zu verdanken, der, wie auch die Stiftung, »Humor hilft heilen«, sehr stark die Idee vorantreibt: jedem Krankenhaus seine Klinikclowns und Klinikclowns auf »Rezept«.

Ich würde mir wünschen, dass die Politik und die Krankenkassen demnächst einsichtig werden und zumindest einen Teil der Arbeit der Klinikclowns finanziell unterstützen. Vielleicht trägt dieses Büchlein ein bisschen dazu bei.

Die Klinikclownarbeit ist vielfältig, deshalb decken die Geschichten in diesem Buch nicht alle Facetten ab. Aber sie geben einen kleinen ganz konkreten Einblick in die Arbeit. In den letzten zwei Jahren meiner Klinikclowntätigkeit habe ich angefangen, die eine oder andere Begebenheit aufzuschreiben. Vielleicht kann Mama oder Papa, Oma oder Opa, die große Schwester, der große Bruder, eine Freundin oder ein Freund die eine oder andere Geschichte vorlesen, wenn sich jemand zuhause im Bett kuriert, und trägt so indirekt dazu bei, dass ein Clown zu Besuch kommt.

Neben den Geschichten gibt es noch ein paar von Pampels Gedichten, einige Lieblingswitze, die Pampel im Krankenhaus von den Patienten gesammelt hat, sowie kleine Spielchen, Bilder und Pampels Kochstudio.

Und natürlich die stimmungsvollen, sehr passenden Bilder von der wunderbaren Lisa Bohren-Harjes alias Lisette, mit der ich meine dreijährige Ausbildung zum staatlich anerkannten Clown beim TuT – Schule für Tanz und Theater in Hannover – in einer Klasse absolvieren durfte. Sie ist ebenfalls Klinikclownin bei Clownsvisite, diesem fantastischen Haufen von Clowns. Danke, dass ich bei euch sein durfte. Danke an Antonella alias Ursel Penkl und Flocke alias Silke Eumann – die meisten Geschichten in dem Buch erzählen von euch, da ihr meine Spielpartnerinnen in Essen und in Lüdenscheid gewesen seid. Ihr beide wart mir Inspiration, Halt und Lehrmeisterinnen.
Schade, dass es von vielen anderen keine Geschichten gibt – ups, natürlich gibt es Geschichten von euch: Grandiose, laute, leise, epische, poetische, skurrile, gescheiterte, spannende, zauberhafte, gesungene, getanzte, stumme, pantomimische, zarte, traurige, unglaubliche ..., doch sie haben keinen Weg in das Büchlein finden können, da ich leider nicht dabei war oder damals noch nichts aufgeschrieben habe. Nicht traurig sein, Klara alias Eva Paulus und Frida alias Alice Völlings, meine Spielpartnerinnen in Bottrop und Witten. Ihr beide wart wunderbar. Und: Manche

Dinge kann man nicht aufschreiben, die muss man einfach live erleben.

Wer weiß, vielleicht ergibt sich ja mal eine neue Gelegenheit, einige eurer Geschichten aufzuschreiben.

Die Zeit bei euch fühlt sich für mich rund, satt und erfüllt an. Ich habe nach den sieben Jahren getan, wozu sich manchmal ein Clown aufmacht: auf alten Wegen zu neuen Ufern.

Danke auch an alle im Krankenhaus arbeitenden: Krankenschwestern, Pfleger, Ärzte, Ärztinnen, Erzieherinnen. Danke, dass ihr unsere Arbeit nicht als Konkurrenz seht, sondern als Bereicherung. Ich verneige mich vor eurer Arbeit.

Dann natürlich ein großes Dankeschön an die Eltern und Angehörigen der Patienten – ich bewundere eure Kraft und Stärke, die ihr für eure Lieben aufbringt und aufgebracht habt.

Ja und dann natürlich ihr, ihr Patienten: Danke, dass ich euch besuchen durfte, danke für die einzigartigen, wunderbaren Momente und ewiglichen Augenblicke. Vielleicht kommt euch ja die eine oder andere Geschichte bekannt vor.

Ich habe sie alle tatsächlich so erlebt. Das eine oder andere, was nicht ganz zur Geschichte gepasst hat, habe ich hier und da weggelassen, wie beispielsweise, wenn eine Krankenschwester ein Bett aus dem Zimmer geholt hat oder Zwischendialoge, die nicht zu der Geschichte passten. Aber im Großen und Ganzen hat alles meistens so stattgefunden. Die Namen der Kinder und Jugendlichen in den Geschichten habe ich geändert.

So und nun viel Spaß beim Lesen und/oder Vorlesen.

Euer Pampel

## 2. DER REISEBÄR

Melanie liegt im Krankenhaus. Sie ist acht Jahre alt. Ihre Krankheit heißt Diabetes. Der Arzt sagt, durch diese Erkrankung befindet sich zu viel oder zu wenig Zucker im Körper. Melanie muss aber nicht allein auf der Kinderstation sein: Ihre Mama ist bei ihr. Ebenso der Reisebär. Der kam mit der Post zu Besuch. Er besucht die Kinder überall in der Welt. Nach zwei Wochen reist er dann weiter. Bei Melanie bleibt der Bär ausnahmsweise länger. Weil sie ja im Krankenhaus liegt.

Heute bekommt Melanie wieder Besuch! Pampel & Antonella, die Klinikclowns.

Letzte Woche schenkte Antonella der kleinen Melanie eine Clownsnase. Die sitzt nun auf der Nase vom Reisebär. Eine Überraschung für Antonella und Pampel. Melanie kichert jetzt schon. Es klopft. Das müssen die Clowns sein! Melanie hockt im Bett. Ob die beiden den Reisebär mit der Nase auf der Nase bemerken? Antonella steckt ihren Kopf durch die Tür. »Guten Tag«, ruft sie fröhlich. Sie stutzt, sieht den Reisebären. »Du hast ja schon Besuch!« Sie schüttelt ihm die Pfote. »Guten Tag«, sagt sie nochmals. Sofort sieht Antonella, dass er die Clownsnase aufhat, die sie Melanie geschenkt hatte. Sie freut sich darüber und will es Pampel zeigen. Mal sehen, ob er die Clownsnase bemerkt? Wo

**15**

steckt er? Ah, da kommt er ins Zimmer geschlendert. »Pampel, Pampel«, ruft Antonella, »darf ich dir vorstellen …«

Schnell hebt Pampel die Hand. »Kenn ich schon! Das ist Melanie. Hallo, Melanie.«

Melanie gluckst.

»Ne, Pampel«, meint Antonella, »Melanie mein ich doch gar nicht.«

»Ach so!« Pampel tut gescheit. »Dann ist ja alles klar – kenn ich aber auch schon.«

»Häh?« Antonella und Melanie sind verdutzt. Sollte Pampel den Reisebär schon kennengelernt haben?

Da streckt Pampel den Arm aus und sagt: »Hallo, Melanies Mama.«

Antonella ruft: »Ach was, Melanies Mama mein ich doch auch nicht.« Sie zeigt auf den Bären in Melanies Armen. »Ich mein den Reisebär.«

»Ach so«, Pampel tut wieder gescheit. »Hallo Reiseb …«, Pampel stutzt. »Nanu, du Reisebär«, sagt er da, »Du kommst mir aber irgendwie komisch vor.«

»Ja!« Antonella hüpft vor Freude und klatscht in die Hände, »ja, ja. Pampel, ihr beide habt was gemeinsam – der Bär und du!«

Pampel schaut Melanie fragend an. Die nickt feixend.

»Schau genau hin«, fordert Antonella Pampel auf.

Pampel kneift sein rechtes Auge zu, reißt das linke auf, legt seinen Kopf schief und schaut den Bären genau an. Dann strahlt er plötzlich. »Ich weiß es, Melanie! Der Reisebär hat genau so schöne Ohren wie ich.«

Melanie prustet, Antonella schüttelt den Kopf. Pampel rümpft die Nase. »Ne, ne«, ruft Melanie, »was anderes!«

Antonella nickt Pampel aufmunternd zu. Pampel guckt ganz genau, beide Augen aufgerissen. Dann strahlt er: »Jetzt weiß ich!« Melanie ist gespannt. Antonella auch. »Na?«, fragt sie.

Pampel schaut sie wissend an, dann sagt er zu Melanie: »Der Bär hat genau so einen schönen Bauch wie ich.«

»Oh, nein!« Melanie plumpst hintenüber ins Bett.

Antonella schüttelt den Kopf und schaut verzweifelt Melanie an: »Ob Pampel es jemals herausbekommt?«

»Na klar«, ruft der und diesmal geht er ganz nah an den Bären ran und guckt von oben bis unten. Melanie und Antonella gucken sich an und zucken mit den Schultern. »Jetzt ist alles klar!« Pampel plustert sich auf und streckt seine Arme aus. »Der Reisebär und ich«, Pampel ist ganz pathetisch, »der Reisebär und ich: Wir haben beide Haare auf den Armen!« Dann schaut er Melanie und Antonella an. Die nicken sich beide kurz zu und rufen laut: »Jaaa!«

Da ruft auch Pampel laut: »Jaaa«, und beginnt zu singen: »Der Reisebär und ich, wir haben Haare auf den Armen, Haare auf den Armen, trallalala, und ich hab es rausgekriegt, rausgekriegt.« Singend tanzt Pampel aus dem Zimmer.

Antonella sagt zu Melanie: »Ich hoffe, der Reisebär ist nicht sauer, dass Pampel die Nase nicht bemerkt hat.«

»Ne«, meint Melanie, »der fand es lustig.«

»Tschüss«, sagt Antonella zu Melanie, »und dir, Bär, eine gute Reise.«

\*\*\*

17

3. *EIN GEDICHT*

## Clown sein

Wenn mutig dir wird,
die Einfachheit glänzt,
der Alltag mal schwänzt,
dir lustig es giert.

Wenn grad das Glück dir wünscht,
dass Risiko dich neckt,
Wiederholung dir schmeckt,
Wiederholung dir schmeckt,
du neue Worte flünscht.

Wenn du im Fettnapf badest
verewigt im Hier und Jetzt,
Gefühl mit Atem vernetzt
dir manchmal selber schadest.

Wenn Sonnenglanz stets in dir ist,

du fällst und gleich wieder aufstehst,

ohne Ziele deinen Weg gehst,

dann, ja dann ... ja: Ein Clown du bist.


***


### 4. SPANNENDER ALLTAG

Pampel tappert zu Christina ins Zimmer. Flocke ist schon drin. Sie steht an Christinas Bett und quatscht mit ihr. Als Pampel bei Flocke ankommt, trifft ihn ein Sonnenstrahl ins Auge. Er geht einen Schritt zurück. Nun kann er Flocke sehen. Drum geht er einen Schritt vor. Da trifft ihn abermals der Sonnenstrahl. Also: einen Schritt zurück. Pampel kann Flocke wieder sehen, also einen Schritt vor und zack: Sonnenstrahl ins Auge.

*Lisette freut sich aufs Theater*

»Pampel? Was ist los«, will Flocke wissen.

»Du blendest mich«, sagt Pampel.

»Oh«, sagt Flocke. Christinas Mama zieht den Vorhang zu. »Jetzt blende ich dich nicht mehr«, meint da Flocke.

»Ja«, sagt Pampel. »Und jetzt, da du mich nicht mehr blendest, kann ich dich erkennen.«

»Oh, Pampel!« Flocke seufzt. »Christina, Pampel sagt manchmal

19

so schlaue Sachen.«

Pampel sieht Christina. »Wir kennen uns.«

»Klar«, meint Christina und lächelt. Christina ist sechzehn Jahre alt, hat wieder ein paar Haare auf den Kopf und ein wunderschönes Lächeln.

»Is aber lange her«, sagt Pampel.

»Ein halbes Jahr«, sagt Christina.

»Da war Sommer«, sagt Pampel.

»Ne«, sagt Flocke, »da war Frühling und so schönes Wetter wie jetzt. Jetzt ist so schönes Wetter, da konnte ich am Samstag draußen sitzen. Im T-Shirt. Bis abends.«

»Flocke!« Pampel ist ganz aus dem Häuschen. »Du erzählst ja unglaublich spannende Sachen!«

»Mmhhm«, nickt Flocke und gluckst.

»Du hast am Samstag draußen gesessen!«, sagt Pampel.

»Ja!«, sagt Flocke.

»Wahnsinn!« In Pampels Augen blitzt der Schalk.

»Ja!« Flocke ist so stolz.

»Im T-Shirt!«, sagt Pampel.

»Bis abends«, sagt Christinas Mama.

Christina lächelt wunderschön.

»Weißt du, was ich am Samstag gemacht habe, Flocke?«, fragt Pampel.

»Ne«, sagt Flocke.

»Wasser getrunken!«, sagt Pampel.

»Das gibt's doch nicht.« Flocke ist begeistert.

»Doch«, sagt Pampel. »Ich hab den Hahn aufgedreht ...«

»Der Arme«, sagt Flocke.

»Wer?«, fragt Pampel.

»Der Hahn«, sagt Flocke.

Pampel verdreht die Augen. »Das war ein Wasserhahn!«

»Ach so«, sagt Flocke.

Christina lächelt wunderschön.

»Ich hab also den Hahn aufgedreht!«, sagt Pampel. »Und stell dir vor, Flocke, was dann passiert ist …«

»Was denn?«

»Es kam Wasser raus!«

»Wahnsinn!«

»Ja! Dann hab ich den Schrank aufgemacht!«

»Nein!«

»Doch! Und ein Glas rausgeholt!«

»Und dann?«

»Hab ich das unter den Wasserstrahl gehalten!«

»PAMPEL!«

»Ja! Und zack, Wasser ins Glas!«

»Wow!«

»Und dann: getrunken!«

»Du hast …«

»JA!« Ich habe das Wasser getrunken!«

»Pampel!« Flocke ist begeistert.

Flocke wendet sich zu Christina und fragt: »Was hast du am Wochenende gemacht?«

»Ooach, ich war in der Disko!«

»Disko? Wie laaangweilig«, antworten Pampel und Flocke gleichzeitig.

»Du musst mal draußen sitzen, im T-Shirt«, meint Pampel.

»Bis abends«, meint Christinas Mama.

»Oder Wasser trinken«, meint Flocke, »das bringt's!«

21

Christina und ihre Mama lachen. Flocke und Pampel kichern. Es klopft an der Tür. Stille. Es kommt niemand herein. Alle schauen sich an. Da klopft es noch mal an der Tür.

»Herein«, ruft Pampel.

Die Tür geht auf und herein kommen zwei Clowns! Lisette und Schlatge. Die waren auf der Nachbarstation unterwegs und besuchen nun Flocke und Pampel.

»Kommt rein«, ruft Flocke, »wir erzählen gerade, was wir am Wochenende Spannendes gemacht haben. Ich war draußen, im T-Shirt …«

»Bis abends …«, sagt Christinas Mama.

»… und Pampel hat Wasser getrunken.«

»Ah«, ruft Schlatge, »pass auf: Ich. Habe. Am. Wochenende ... POMMES gegessen, ha!«

Pampel und Flocke sind begeistert.

»und jetzt pass auf …«, meint Schlatge, »… und auf die Pommes: Ketchup!«

»Ketchup auf die Pommes!!!« Pampel ist total hin und weg. Flocke auch. Christina lächelt wunderschön.

»Das ist doch noch gar nichts«, meldet sich Lisette zu Wort und macht sich gleich zwei Köpfe größer, sodass ihre unterschiedlich langen, aus Damenstrumpfhosen geflochtenen, Zöpfe hin und her wackeln.

»Ich war im Theater!« Lisette spielt mit ihrem Finger am linken Zopf.

Pampel ist sprachlos. Flocke sagt gar nichts.

»Das war doch nur wegen des Schauspielers«, meint Schlatge.

»Was?« Lisette fühlt sich ertappt.

»Dabei küssen die gar nicht in echt!« »Was!« Lisette ist verwirrt.

»Ne«, meint Pampel, »die tun nur so.«

»Genau«, bestätigt Flocke.

»Was! Dabei habe ich mir extra neue Zöpfe gemacht«, sagt Lisette entrüstet und zieht ihre Zöpfe so lang, wie es nur geht.

»Die küssen nicht in echt«, wiederholt Schlatge, »die tun nur so als ob.«

»So!« Lisette ist entrüstet und entschlossen. »Jetzt geh ich da hin und beschwere mich!«

»Ich komm mit«, sagt Schlatge, »und helfe dir.«

Die beiden verabschieden sich flott, Lisette stampft aus dem Zimmer, Schlatge hinterher, die Hand zum Gruß gehoben.

»Komm Pampel«, meint Flocke, »wir helfen Lisette auch.«

»Ja«, sagt Pampel, »eine gute Idee. Christina! Ich muss los. Ich geh jetzt küssen.«

»Bis abends«, sagt Christinas Mutter. Christina lächelt wunderschön.

8.Die Spaghetti mit der Tomatensoße und etwas Parmesan anrichten.

6. Mit einer kleinen Prise Salz , mit Pfeffer und italienischen Kräutern abschmecken

7. Die Spaghetti sind fertig, wenn sie an Pampel kleben bleiben

mmh.. lecker

Hallo Pampel hier sind wir! wir haben Hunger

Pampels Kochstudio

Heute
Spaghetti
Bolognese
vegetarisch
(4 Personen)

9. Eigentlich würden die Spaghetti für 4 Personen reichen.

*6. DER PIKSENDE STUHL*

Pampel klopft an. Vorsichtig öffnet er die Tür. Lilly, zwölf Jahre, sitzt auf ihrem Bett am Fenster, daneben ihre Mama. Oma und Opa sitzen am Fußende des Bettes.

»Oh, guck mal da«, ruft Lillys Mama. Lilly schaut interessiert, aber auch ein wenig skeptisch.

»Oh«, ruft die Oma.

Opa ist begeistert: »Clowns!«, ruft er, »das gibt es doch nicht.«

Pampel geht auf Opa zu, streckt ihm die Hand entgegen, will ihn begrüßen, dabei setzt er sich fast auf das leere Bett, so streckt er sich.

»Hallo, ich bin Pampel.«

»Vorsicht!«, ruft da Antonella. Alle gucken gespannt zu ihr.

»Pampel hat sich gerade nebenan aufs Bett gesetzt, da ist es kaputt gegangen«, sagt Antonella mahnend.

»Antonella«, sagt Pampel, »darf ich vorstellen: Antonella.«

Oma, Mama und Opa sind hocherfreut. Lilly guckt interessiert.

»Ich wollte doch nur guten Tag sagen«, sagt Pampel ein bisschen schmollend.

»Guten Tag sagen darfst du«, sagt Antonella.

»Ah!« Pampel streckt wieder seinen Arm zu Opa aus, aber auch seinen Po, als ob er sich auf das leere Bett setzen würde.

»Halt!«, ruft Antonella.

Pampel springt auf, zieht seinen Arm zurück, steht kerzengerade, ohne dass er guten Tag gesagt hat. Lilly lächelt. Opa lacht laut, Oma gluckst in sich hinein und Mama lächelt zufrieden.

»Was?«, fragt Pampel.

»Nicht auf das Bett setzen!«, mahnt Antonella.

»Ah!«, sagt Pampel, »nicht auf *das* Bett setzen«, er zeigt auf das leere Bett. Und schon will er es sich auf Lillys Bett gemütlich machen.

Doch Antonella ist schneller: »Halt!«

Pampel steht wieder kerzengerade. Die Stimmung ist jetzt ausgelassen. Lilly sagt nichts, scheint aber sehr amüsiert.

»Auch nicht auf *das* Bett setzen?«, fragt Pampel.

»Nein«, sagt Antonella und achtet mit Argusaugen darauf, was Pampel macht.

Der grinst Antonella an und will sich ganz langsam setzen.

»Na!«, ruft Antonella. »Guten Tag sagen, aber nicht setzen!«

Die beiden belauern sich jetzt. Ganz langsam streckt Pampel den Arm aus und ganz langsam senkt sich sein Po Richtung leeres Bett. Da klopft es an der Tür. Eine Krankenschwester kommt herein und holt das leere Bett aus dem Zimmer.

»Siehst du, die wissen schon Bescheid«, sagt Antonella.

»Ja, die passen auf«, meint Opa.

»Das Bett ist weg«, gluckst Oma. Mama schmunzelt und Lilly lächelt.

Pampels Po schwebt in der Luft. Ungefähr da, wo gerade noch das Bett gestanden hat. Ganz krumm steht er da. Den Mund hat er vor Staunen ganz weit offen. »Ja, aber, wo soll ich mich denn jetzt hinsetzen?«, fragt er.

»Da ist doch noch ein Stuhl«, sagt Opa.

Antonella rückt Pampel den Stuhl zurecht. Pampel stellt sich vor den Stuhl, streckt die Arme aus, schüttelt sich und sinkt ganz langsam auf den Stuhl nieder. Kurz bevor er sitzt, zwickt es an seinem Po. Er springt auf. Alle johlen, Lilly lacht.

Entrüstet schaut er Antonella und alle anderen an. »Antonella«, ruft Pampel fröhlich empört, »der Stuhl hat mich in den Po gepikst.«

Alle lachen. Antonella war es. Alle haben es gesehen. Nur Pampel nicht. Antonella setzt sich auf den Stuhl.

»Sei vorsichtig«, warnt Pampel. Doch nichts passiert. Pampel setzt sich wieder. Wieder zwickt es. Wieder springt Pampel auf. Er will es nicht glauben, bei Antonella passiert nichts, nur bei ihm. Da pikst der Stuhl.

»Der pikt nur Männer«, meint Opa.

»Ah«, jetzt greift Pampel sich an die Stirn. »Der ist für den Arzt gedacht! Na klar! Lilly: Wenn der Doktor reinkommt, musst du ihn bitten, auf dem Stuhl Platz zu nehmen: so!« Pampel macht es vor und wieder zwickt es ihn am Po.

»Das wird ein Spaß, Pampel«, meint Antonella. »Komm, wir suchen jetzt einen Arzt und schicken ihn hier hinein.«

»Oh ja«, ruft Pampel. »Ich schreib noch schnell einen Zettel.« Den klebt Antonella an die Stuhllehne. Auf dem Zettel steht: Stuhl für den Doktor. Sie können sich ruhig setzen, der Stuhl pikst nicht. Pampel und Antonella winken zum Abschied.

»Danke«, rufen Oma und Opa und, »auf Wiedersehen. Vielen Dank!« Lilly winkt auch zum Abschied. Mama lächelt zufrieden.

$$***$$

7. *Ein Witz*

Treffen sich ein Walfisch und ein Thunfisch.

Fragt der Walfisch den Thunfisch: »Was soll'n wir tun, Fisch? Sagt der Thunfisch zum Walfisch; »Du hast die Wahl, Fisch.«

## 8. Das Geschenk

Antonella und Pampel haben alle Kinder besucht – sie sind geschafft, müde und zufrieden. Da kommt eine Krankenschwester und fragt: »Könnt ihr beide noch Lisa besuchen? Sie liegt auf der Intensivstation. Sie würde sich so freuen.«

»Klar«, für Antonella und Pampel kein Problem. Auf zur Intensivstation.

Die Schwestern dort gehen mit, zeigen, wo das Zimmer ist. Sie kommen auch rein und gucken zu. Lisa liegt im Bett. Sie ist sieben Jahre alt. Ein Schlauch ist in ihrer Nase. Der hilft ihr, gesund zu werden. Sie sieht sehr tapfer aus. Als sie Pampel und Antonella sieht, muss sie lachen. Die Krankenschwester, die gerade fertig ist mit der Untersuchung, und Mama lachen ebenfalls.

»Hallo«, rufen Antonella und Pampel fröhlich, Lisa kichert und freut sich über die beiden Clowns.

»Ich bin Pampel«, meint Antonella, »und das da ist auch Pampel.«

»Antonella?« Pampel ist ganz verwirrt, »ich bin doch alleine Pampel!«

»Ach ja«, meint Antonella, »ich bin alleine Pampel und du bist Antonella!« Lisa quietscht vor Vergnügen.

»Nein!«, ruft Pampel. »Antonella, du bringst ja alles durcheinander!«

»Oh je«, meint da Antonella, »du musst mich mal schütteln, damit alles wieder an seinen richtigen Platz kommt.«

Pampel stellt sein kleines Köfferchen zur Seite und schüttelt Antonella. Die macht dabei ganz komische Geräusche.

Als Pampel fertig ist, sagt Antonella: »Hallo, ich bin Pampella und das da«, sie zeigt auf Pampel, »ist Ampel.« Lisa quietscht wieder.

Antonella guckt Pampel fragend an. Der schüttelt den Kopf und dann noch mal Antonella.

»Hallo, ich bin Panton und das da ist Antopel …«

Antonella guckt, Pampel schüttelt wieder, während Lisa »Oh, nein« ruft und Mama es sich auf dem Nachbarbett bequem macht.

»Hallo ich bin Pamponella und das da …?« Sie zeigt auf Pampel, »… das da kenn ich nicht …«

Pampel verdreht die Augen und schüttelt Antonella noch mal kräftig durch.

»Hallo, ich bin Antonella und das da ist Pampel!«

Alle johlen und klatschen. Die Krankenschwestern verabschieden sich. Sie müssen noch anderen Patienten helfen.

»Jetzt«, sagt Antonella, »jetzt Pampel, kannst du Lisa das Geschenk geben!«

Pampel muss schlucken. Er bekommt ganz große Augen. Jetzt macht er ganz komische Geräusche: »Ein … ein … das … Geschenk?«

»Natürlich«, erwidert Antonella. »Das Geschenk!«

Lisa strahlt Pampel an.

»Ja, natürlich, ja, das Geschenk«, sagt Pampel und schaut sich ein wenig hilflos im Zimmer um. Da sieht er ein Päckchen Papierhandtücher. »Ah!« Pampel triumphiert, »hier habe ich ja das Geschenk!« Er reicht den Stapel Papierhandtücher zu Lisa.

»Nein«, sagt Lisa lachend, »das ist doch kein Geschenk.«

»Oh«, sagt Pampel, »das ist kein …« Er schaut Antonella an. Sie schüttelt den Kopf.

»Ah!« Pampel sieht was anderes. Eine Handtasche. »Hier hab ich
ja das Geschenk hingelegt.« Er nimmt die Tasche, aber da ruft
Lisa schon: »Nein, das ist doch Mamas!«

»Oh«, sagt Pampel, »das ist kein …?«

Antonella schüttelt den Kopf.

Da guckt Pampel mit ganz großen Augen zum Nachbarbett. »Da
ist es ja!«

Lisas Mama kichert. Gerade will er sie hochheben, da ruft Lisa:
»Nein, die gehört mir doch schon.«

Pampel guckt ganz verzweifelt zu Antonella. »Am besten«, sagt
sie, »guckst du mal in deinen Koffer!«

»Na, klar! Mein Köfferchen! Da hab ich doch den Hund für Lisa
drin.«

Jetzt kriegt Antonella ganz große Augen. »Einen Hund?« Sie versteckt sich hinter Lisas Bett.

»Lisa«, fragt Pampel, »magst du Hunde?« Lisa nickt mit strah-
lenden Augen.

»Ist der auch nicht gefährlich?«, fragt da Antonella hinterm
Kopfkissen hervor.

»Nein«, sagt Pampel. Da bellt es. »Wau, wau!« »Oh, er will
raus«, sagt Pampel. Das Köfferchen in Pampels Hand wackelt hin
und her. Es bellt wieder: »Wau, wau!«

Pampel stellt das Köfferchen vorsichtig auf seine linke Hand. Mit
der rechten Hand öffnet er den Deckel ganz bedächtig. Lisa sieht
nur den Deckel, Pampels Hand, wie sie langsam hinter den Deckel im Koffer verschwindet und wie sie mit spitzen Fingern
wieder hervorkommt. Zwischen Daumen und Zeigefinger baumelt was Langes, Dünnes, Orangefarbenes.

»Was ist das denn?«, fragt Lisa verwundert.

**31**

»Das ist doch kein Hund«, ruft da Antonella. »Das ist ein Wurm.«
Pampel stellt den Koffer weg. In der Hand hat er plötzlich ein
Plastikding, das er nun in den Wurm steckt. Der wird dicker und
dicker und riesengroß!

»Das ist ein Luftballon«, ruft Lisa.

»Aber kein Hund«, ruft Antonella. Sie kommt aus ihrem Versteck
heraus und guckt sich den Luftballon genauer an. Pampel drückt
ihr das Plastikding in die Hand und macht in den Luftballon, der
jetzt ganz, ganz lang ist, einen Knoten. Dabei wirbelt der Ballon
hin und her und trifft ab und zu Antonella auf den Kopf. Lisa
findet es lustig. Antonella nicht so.

Dann dreht Pampel an dem Luftballon und es entsteht eine
Schnauze, zwei Ohren, vier Beine und ein Schwanz. Es bellt
wieder. »Wau, wau.«

»Ist ja doch ein Hund«, meint Antonella.

Der Hund guckt zu Lisas Mama. Dann zu Lisa. Da bellt er ganz
freudig und hechelt und fiept. Wackelt mit dem Schwanz.

»Ich glaub, er will zu dir«, meint Antonella zu Lisa.

Pampel reicht Lisa den Hund. Der bellt wieder. »Wau, wau.«
Aber diesmal mit Lisas Stimme. Mal schaut er zu Lisas Mama,
mal zu Antonella und Pampel.

Die beiden verabschieden sich.

Ein Bellen aus Lisas Zimmer begleitet sie aus der Ferne, als sie
die Intensivstation verlassen: »Wau, wau.«

***

## Spritze

War ich doch einmal krank,

doch Gott sei zweimal Dank,

steckte eine Spritze

mit ner spitzen Spitze,

mit Schmerz und ohne Charme,

tief drin in meinem Arm.

Medizin drang herein,

verteilte sich allein,

machte mich gesund,

das war der Spritze Grund.

\*\*\*

*Pampel*

Die Ambulanz ist voller Menschen. Erwachsene und Kinder sitzen dort. Sie spielen, malen oder warten einfach nur darauf, dass sie drankommen. Denn die meisten Kinder sind krank oder verletzt.

Dort, ein Mädchen weint leise vor sich hin. Papa hält sie im Arm, streichelt ihr zärtlich über den Kopf. Eine Oma schaut besorgt. Eine Frau knetet das Taschentuch in ihren Händen. Im Kinderwagen schläft ihr Kind. Es atmet schwer.

Ärztinnen eilen über den Flur, Türen gehen auf und zu. Krankenschwestern gehen rein und raus, rufen Namen, lächeln, trösten, scherzen. Manche gucken erschöpft. Sie sind müde, den ganzen Morgen schon auf den Beinen, keine Pause, ständig klingelt das Telefon.

Flocke schlappt durch die Tür zur Ambulanz, grinst breit über beide Backen, nickt hier und da jemanden freundlich zu.

Plötzlich hört sie hinter sich einen lauten Hicks.

Wie angewurzelt bleibt sie stehen, macht große Augen, die Backen aufgeblasen.

Pampel steht hinter ihr. Auch angewurzelt. Irritiert schaut er auf

34

die Stelle am Boden, über die er gerade gegangen ist. Dann guckt er zu dem Mädchen, das neben ihm auf einen Stuhl sitzt. Beide gucken zu der Stelle auf den Boden. Dann schauen sie sich wieder an. Pampel runzelt die Stirn. Das Mädchen lächelt.

Mittlerweile hat Flocke sich herumgedreht. Sie sieht, wie Pampel ein paar Schritte zurückgeht, auf einer bestimmten Stelle am Boden stehen bleibt und einen Schluckauf bekommt.

»Hicks« macht es ganz laut. Pampel hält sich die Hand vorm Mund, verlässt ganz schnell die Stelle und guckt etwas peinlich zu dem Mädchen. Es lächelt. Pampel zuckt mit den Schultern, das Mädchen auch.

Flocke guckt zur Stelle, dann Pampel, dann das Mädchen an. Vorsichtig stellt Pampel sich wieder auf die Stelle, erst mit dem einen, dann mit dem anderen Bein. Kaum steht er dort, macht er ganz laut: »Hicks.« Schnell springt Pampel von der Stelle runter. Das Mädchen lacht. Die Oma guckt interessiert und die Frau knetet nicht mehr das Taschentuch.

Flocke macht große Augen. Pampel zeigt auf die Stelle und Flocke geht ganz vorsichtig dorthin. Gaaaaannnz langsam.

Pampel ist ganz aufgeregt, ständig guckt er zu dem Mädchen, dann wieder zu Flocke. Die hat nur Augen für Flocke. Alle anderen auch. Nur hier und da wird ein bisschen gesprochen. Bald hat Flocke die Stelle erreicht, sie muss nur noch den linken Fuß absetzen. Jetzt spricht keiner mehr. Der Fuß hat fast den Boden erreicht. Pampel kann es kaum aushalten. Das Mädchen auch nicht. Es kaut auf ihrer Unterlippe.

Da geht eine Tür auf. Die Schwester schaut auf ihren Bogen Papier, dann schaut sie auf, will einen Namen rufen, sieht, dass alle gucken.

Die Fußspitze von Flockes Schuh hat die Stelle erreicht. Die Schwester hat Flocke nun auch entdeckt.

Flocke steht. Mit beiden Füßen. Auf der Stelle.

»Ha, ha, hatschi!« Flocke muss furchtbar niesen. Alle atmen auf.

Pampel wundert sich: kein Schluckauf?

Flocke rennt mit der Hand vor der Nase los. Zum Wickeltisch. Da liegt ein ganz großes Taschentuch drauf. Damit putzt Flocke sich ihre Nase. Sie nimmt es mit und läuft damit zum Umkleideraum. Unterwegs schnäuzt sie sich. Das Taschentuch weht dabei hinter ihr her wie eine Fahne.

»Hicks«, hört sie da wieder hinter sich. Pampel steht wieder auf der Stelle. »Hicks, hicks, hicks.« Flocke ist schon in der Umkleide verschwunden, nur ihr Arm ist zu sehen, der Pampel winkt, zu kommen. Der eilt zu Flocke. Schaut noch mal kurz zu der Stelle, zuckt mit der Schulter und verschwindet in der Umkleide. In der geschlossenen Tür hängt ein große Stück Taschentuch vom Wickeltisch fest. Der Papa hat aufgehört, seiner Tochter über den Kopf zu streicheln. Sie weint nicht mehr.

∗∗∗

## 11. DIE LEERE SEITE

In die leere Seite kannst du selbst eine Geschichte hineinschreiben oder einen Witz, was malen oder aufkleben ... viel Spaß...

*falls Du die E-Book-Version hast, empfiehlt Pampel einen wasserfesten Stift oder einen guten Kleber.

12. *DIE KAPUTTEN SEIFENBLASEN*

Antonella und Pampel gehen über den Krankenhausflur. Ihnen
kommt Noel mit seiner Mama entgegen. Als Noel die Clowns
sieht, schmiegt er sich beim Laufen enger an die Beine seiner
Mama an. Er steckt seine Hand in den Mund. Antonella und
Pampel stellen sich ganz an die Wand, sagen nichts, machen
nichts, außer: sich unsichtbar. Noel hat jetzt mit seiner Mama
genug Platz, um an den beiden Clowns vorbeizukommen.
Schwups, biegen sie um die Ecke und sind im Zimmer verschwunden.

Die beiden Clowns schauen auf ihren Zettel. Den haben sie von
einer Krankenschwester bekommen. Da steht drauf, wen sie alles
besuchen dürfen. Beim nächsten Zimmer steht: Noel. 2 Jahre.
Pampel biegt, schwups, um die Ecke und sieht: Die Tür zu Noels
Zimmer steht offen. Noels Mama sitzt auf dem Bett, das hinten
am Fenster steht. Sie hat Noel auf ihren Schoß. Noel guckt interessiert, aber auch etwas verunsichert.

»Guck mal, die Clowns«, sagt Mama aufmunternd.

Pampel macht einen kleinen Schritt ins Zimmer und singt: »Hallo, ich bin der Pampel, komme kurz ins Zimmer rein –
Schwups, da bin ich wieder raus, so soll es sein.«

Pampel steht wieder vor der Tür. Neben Antonella.

»Hallo, Noel«, sagt Pampel zu Noel. »Das ist Antonella«, er zeigt
auf Antonella und fängt wieder an zu singen: »Darf die Antonella
kurz in dein Zimmer rein?«

Antonella macht einen Schritt ins Zimmer.

Noel schüttelt den Kopf und sagt: »Nein.«

Pampel schickt Antonella singend aus dem Zimmer: »Antonella, du muss wieder raus und vor der Türe stehen …«

Schon steht Antonella wieder neben Pampel.

»… du kannst von hier draußen ins Zimmer sehen«, singt Pampel zu Ende.

»Noel«, sagt Antonella, »wir bleiben hier vor der Tür stehen und kommen gar nicht ins Zimmer rein. So kannst du auch die Seifenblasen viel besser sehen, die Pampel dir mitgebracht hat.«

»Ja!«, ruft Pampel, »die hab ich hier in meinem Koffer drin.«

Pampel hebt seinen Koffer hoch. Der ist ziemlich klein, rot und hat weiße Punkte. Sieht aus wie ein Mädchenkoffer. »Ich mach den jetzt auf und hole die Seifenblasen raus.«

Während Pampel seinen Koffer öffnet und darin rumkramt sagt Antonella: »Gleich macht Pampel ganz viele und ganz große wunderschöne Seifenblasen.«

Noel guckt nun ganz neugierig.

»Seifenblasen«, sagt die Mama aufmunternd.

Mittlerweile hat Pampel das Döschen mit den Seifenblasen in der Hand, aufgeschraubt und ist bereit zu pusten.

»Ganz große«, ruft Antonella, »und ganz viele.«

»Au ja«, ruft Pampel und pustet. Eine klitzekleine Seifenblase erscheint, schwebt kurz vor Pampels Nase, dann zerplatzt sie.

»Ups«, macht Pampel.

Noel kichert.

»Noch mal«, sagt Antonella, »ganz viele …«

»Und große«, sagt Pampel und pustet wieder.

Zwei Seifenblasen erscheinen. Ziemlich klein sind sie und schwups, zack: zerplatzt.

»Ups«, macht Pampel wieder. Noel lacht laut auf und schmeißt sich nach hinten in Mamas Arme. Als er wieder sitzt, pustet Pampel wieder. Doch auch diesmal zerplatzen die Blasen, kaum, dass sie zu sehen sind.

»Ups.«

Noel schmeißt sich wieder vor Lachen in Mamas Schoß.

»Die Seifenblasen sind kaputt«, ruft Antonella. »Wir müssen neue holen.«

»Einmal probier ich es noch«, sagt Pampel. »Jetzt muss es doch klappen.« Vorsichtig pustet Pampel. Eine Blase entsteht. Sie wird größer und größer. Riesig! Sie schwebt und wabert in der Luft. Antonella und Pampel jubeln: »Hurra! Es hat geklappt.« Sie reißen die Arme hoch.

»Ja!«, freut sich Antonella und hüpft. »Die Seifenblase ist …«

Genau in diesem Moment zerplatzt die Seifenblase.

»… kaputt!«, beendet Pampel den Satz von Antonella.

»Ups«, sagt Antonella.

Noel schmeißt sich vor Lachen in Mamas Schoß.

Antonella verabschiedet sich: »Tschüss, Noel, danke, dass wir Seifenblasen blasen durften.«

»Du hast jetzt ganz viele kaputte Seifenblasen im Zimmer«, sagt Pampel.

»Da hätten wir eh kein Platz mehr gehabt«, sagt Antonella und schwups, sind die beiden nicht mehr zu sehen.

»Die Clowns«, sagt Noel.

»Ja«, sagt Mama, »das waren die Clowns.«

***

### 13. EIN WITZ

»Guck mal, da im Baum!«

»Ja?«

»Da hat sich bestimmt ein Elefant drin versteckt!«

»Im Baum!!?? Ich seh da keinen Elefanten!«

»Wie gut der sich verstecken kann!«

***

### 14. ANTONELLA AUF DEM WACKELPUDDING

Antonella

Liam ist neun. Er weiß: Heute kommen die Clowns. Er wartet ganz ungeduldig. Da endlich kommen sie auf die Station! Doch sie gehen erst in andere Zimmer. Sie beginnen ganz vorn. Seines ist in der Mitte. Das dauert! Immer wieder lugt Liam aus seinem Zimmer. Er lässt die Tür offen. Da! Antonella und Pampel gehen in das Zimmer gegenüber. Als Nächstes kommen sie bestimmt zu ihm. Das dauert! Da erscheint Pampel endlich.

Liam läuft in sein Zimmer und ruft: »Kommt ihr jetzt zu mir?«

»Na klar«, meint Pampel und schon ist er bei Liam im Zimmer.

Antonella kommt hinter Pampel her, kann Liam aber nicht sehen.

»Nanu?«, fragt Antonella. »Ist hier niemand drin?«

Liam versteckt sich hinter sein Bett.

Pampel sagt zu Antonella: »Nö, hier ist niemand!«

Liam kichert und macht: »Möh.«

Antonella erschrickt. »Pampel! Was war das für ein Geräusch?«

»Ich hab nichts gehört«, sagt Pampel und nickt Liam zu.

»Möh«, macht es wieder.

»Pampel!« Antonella ist verwirrt. »Da war es wieder.«

»Was?«, fragt Pampel.

»Das Geräusch«, sagt Antonella.

»Ich hab nichts gehört«, sagt Pampel, »da war kein Geräusch.«

»Du hast nichts gehört?«, fragt Antonella.

»Nö«, sagt Pampel.

»Möh«, macht Liam wieder.

»Pampel! Da war es wieder! Es muss doch jemand hier drin
sein.«

»Nein«, sagt Pampel, »da war nichts und es ist auch niemand im
Zimmer.«

Liam kichert. Pampel und Liam zwinkern sich zu.

Antonella kommt ganz nah zu Pampel und flüstert in sein Ohr:

»Pampel, du hast wirklich nichts gehört?«

»Nöh!«, sagt Pampel.

Liam schleicht sich von hinten an Antonella heran, berührt sie am
Arm und macht: »Möh.« Dann läuft er schnell wieder in sein
Versteck hinterm Bett.

Antonella ist ganz erschrocken: »Pampel! Jetzt hat mich sogar was berührt! Und es hat ›Möh‹ gemacht.«

Liam lacht.

»Da!« Antonella schreckt wieder zusammen.

Liam berührt sie wieder.

»Ah!«, schreit Antonella. »Pampel, ist hier wirklich niemand?«

»Antonella!«, sagt Pampel, »ich glaub, es geht dir nicht gut.«

»Was?«, fragt Antonella, »Wie? Wo?«

Liam berührt sie wieder am Arm.

»Hilfe!«, ruft Antonella. Sie sinkt in Pampels Arme.

»Antonella, setz dich erst mal«, sagt Pampel zu Antonella. Liam flitzt los, greift seinen grünen Wackelpudding und stellt ihn auf Sitzfläche vom Stuhl.

»So«, sagt Pampel, nickt Liam zu und führt Antonella zum Stuhl. »Setz dich.«

Antonella hält Pampels Arme und sinkt ganz erschöpft auf den Stuhl nieder. Pampel und Liam glucksen in sich hinein.

Plötzlich springt Antonella wie eine Rakete in die Höhe, quiekt ganz laut und rettet sich in Pampels Arme.

Liam lacht laut schallend und nimmt schnell den Wackelpudding wieder weg.

»Pampel! Da hat mich was am Po berührt.« Sie zeigt ganz aufgeregt auf den Stuhl. Doch zu sehen ist nichts.

»Antonella, du brauchst einen Arzt«, meint Pampel und führt Antonella aus dem Zimmer.

Liam hüpft lachend in sein Bett.

»Möh.«

Nanu? Welcher Clown hält die Leine, die zu dem großen roten Luftballon führt, welcher Clown hält die Leine, die zum großen türkisen Luftballon führt und welcher Clown hält die Leine, die zum großen gelben Luftballon führt?

*Dieses Bild mit dem Luftballonwirrwarr hat Marlon Lieverscheidt gemalt.

Flocke und Pampel gehen zu Florian ins Zimmer. Florian ist fünf Jahre alt. Pampel und Flocke haben ihn schon oft besucht. Gefreut hat er sich bisher immer.

Doch heute will er von der Welt nichts sehen. Seinen rechten Arm hat er über die Augen gelegt. Er wirkt schwach. Auf seinen Oberkörper sind schwarze Linien gemalt. Wegweiser für das Skalpell. Am Fußende sitzt eine junge Krankenschwester, Marina, ein Buch ruht auf ihren Knien. »Guck mal, Florian«, ruft sie, »die Clowns.«

Flocke und Pampel haben mittlerweile das Fußende des Bettes erreicht. Florian lugt unter seinen Arm hindurch, doch nicht lange. Mit einer Unmutsäußerung dreht er den Kopf zur Seite.

Flocke starrt auf einen weißen Kasten. Der hängt am Fußende des Bettes und brummt leise vor sich hin.

»Pampel«, sagt Flocke, »das Bett pupst.«

»Ahhhh«, jauchzt Marina, »Florians Bett pupst.«

Ein leises Lächeln umspielt Florians Lippen.

»Ich kann auch pupsen«, sagt Pampel.

»Mach ma«, sagt Flocke.

Florian guckt.

Pampel macht mit seinem Mund Pupsgeräusch. Ganz laut. Florian lacht lautlos. Flocke jubelt. Marina ruft: »Iiiihhhh …«

»Ich kann noch lauter«, meint Pampel.

»Mach ma«, sagt Flocke.

Pampel pupst noch lauter.

Florian lacht, seine Augen glänzen. Er nimmt seinen Schnuller aus dem Mund und macht auch ein Pupsgeräusch. Ganz schwach ist es zu hören.

Flocke und Pampel werden von der Wucht des Pupses nach hinten geworfen, Pampel stößt an eine Kiste auf der Fensterbank. Beide kreischen leise und erstaunt, verharren.

»Florian! Das war ein Superfurz«, ruft Pampel.

»Der hat mich umgehauen«, meint Flocke.

Beide stehen wieder entspannt vor dem Bett und sehen, wie Florian alle Kraft für einen erneuten Pupser zusammen nimmt.

»Ohhhhhh, ahhhhhh«, rufen Flocke und Pampel in Vorahnung des Pupsers.

Florian pupst.

Pampel und Flocke werden dermaßen nach hinten gegen die Wand geschleudert, dass es kracht und scheppert.

Florian lacht laut.

Marina ruft bewundernd: »Mensch Florian!«

Schon wieder formt sich Florians Mund, um den nächsten Pupser loszulassen. Pampel und Flocke werden durch das Zimmer geschleudert. Pampel landet auf Marinas Schoß.

»Ahhh«, kreischt Marina, »du machst mich platt!«

Florian glückst laut auf. Kaum steht Pampel, pupst es wieder. Wieder landet er auf Marinas Schoß. Flocke wird erneut gegen die Wand gepupst.

Florian kriegt sich nicht mehr ein und pupst Marina an. Marina wird in den Stuhl gedrückt, Flocke und Pampel wirbeln aus dem Zimmer.

»Tschüss Florian«, rufen Flocke und Pampel, »und viel Spaß beim Pupsen …«

Gerade als Flocke und Pampel ins nächste Zimmer gehen wollen, kommt Marina zu ihnen und meint: »Florian pupst immer noch, der will gar nicht mehr aufhören, mich hat er auch schon aus dem Zimmer gepupst.«

\*\*\*

17. GESCHENKE FINDEN

Zum Spielen werden benötigt:

mindestens zwei Mitspieler, Bleistift, kariertes Papier (wie im Rechenheft).

Jeder Mitspieler fertigt zwei Spielpläne an mit 10 ×10 Kästchen. An den Seitenrändern notiert jeder Spieler Buchstaben (von A bis J) und an den oberen Rändern Zahlen (von 1 bis 10) versieht.

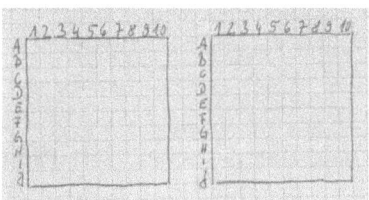

Diese Spielpläne stellen einmal das eigene und dann das Gelände des Mitspielers dar. In das eigene Gelände trägt man nun, ohne dass der Mitspieler dies sieht, die Geschenke ein, die man für den Mitspieler versteckt. Dies geschieht, indem man Gebilde von unterschiedlicher Kästchenlänge und Form einzeichnet. Folgende Spielregeln müssen eingehalten werden:

Die Geschenke dürfen nicht aneinanderstoßen.

47

Die Geschenke dürfen auch am Rand liegen.

Die Geschenke dürfen nicht diagonal aufgestellt werden.

Jeder verschenkt insgesamt zehn Geschenke (in Klammern die Größe):

ein Weihnachtsgeschenk (5 Kästchen)

zwei Geburtstagsgeschenke (je 4 Kästchen)

drei Ostergeschenke (je 3 Kästchen)

vier »ich mag dich Geschenke« (je 2 Kästchen)

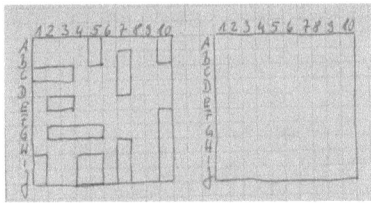

Nun wird ausgelost, wer zuerst suchen darf (Spieler A.). Dieser gibt eine Koordinate an, auf die er sucht, zum Beispiel C3. Spieler B. sieht auf seinen Plan und antwortet mit daneben, gefunden oder geschenkt. Ein Geschenk ist geschenkt, wenn alle Felder des Geschenks gefunden wurden. Der Spieler notiert dies in seinem zweiten leeren 10×10-Block. Der Beschenkte muss ebenfalls markieren, um zu sehen, wann ein Geschenk geschenkt ist.

Wenn ein Spieler kein Geschenk findet oder geschenkt bekommt, ist der Mitspieler dran. Wer ein Geschenk findet oder geschenkt bekommt, darf noch mal suchen. Wer zuerst alle Geschenke des Mitspielers geschenkt bekommen hat, ist der Sieger.

*ihr habt es sicherlich gemerkt; so spielt Pampel Schiffe versenken.

## 18. DAS PFLASTER

Flocke stürmt zu Tobi quer durchs Zimmer. Sie legt sich neben Tobis Bett auf den Boden, streckt die Füße nach oben, der Sonne entgegen und verkündet: »Ich mach Urlaub.« Die beiden kennen sich gut. Tobi hat gerade Waffeln am Stand der Krankenhausschule verkauft und muss sich nun ausruhen.

Pampel steht auf dem Flur in der offenen Tür, er ist nicht so schnell wie Flocke. Er staunt – von Flocke kann er nur ihre Beine sehen, ganz hinten im Zimmer, hochgestreckt zwischen Fenster und Bett.

Gregor, acht Jahre, kommt ins Zimmer, seine Mama hinterher, dann die Krankenschwester. Gregors Pflaster am Hals soll ab.

»Soll Pampel zugucken?«, fragt die Krankenschwester, als Gregor auf seinem Bett sitzt. Pampel steht noch immer auf dem Flur und guckt sich Flockes Beine an. »Hhmm, Gregor. Soll Pampel zugucken?«, fragt die Krankenschwester noch mal. Gregor schüttelt den Kopf.

»Gut«, sagt Pampel, »dann halte ich mir die Ohren zu.«

Gregor guckt verwundert, aber lässt die Krankenschwestern nicht an das Pflaster. Das hat gestern so wehgetan – heute bleibt es dran.

»Wir müssen doch ins Behandlungszimmer«, sagt die Kranken-schwester. Da kommt ein Pfleger mit einem großen Wäschewa-gen den Flur herunter. Pampel hört nichts, denn er hat immer noch die Finger in den Ohren und er sieht auch nichts – nur Flockes Beine.

Sie ruft immer noch: »Ich mach Urlaub.«

Tobi schaut Pampel an und schüttelt den Kopf.

»Pampel, komm doch mal mit«, sagt die Krankenschwester, »du stehst doch nur im Weg herum.« Und zu Gregor sagt sie: »Zeig Pampel mal den Weg, der kennt den bestimmt nicht.« Dabei fuch-telt sie vor Pampels Gesicht herum. Der nimmt die Finger aus den Ohren. »Mitkommen!«, sagt die Schwester.

»Und Flocke?«, sagt Pampel.

Doch Flocke verabschiedet sich schon von Tobi. »Toll der Urlaub bei dir«, sagt sie, »doch ich muss jetzt mal Pampel helfen.«

Tobi nickt. Kein Problem.

»Nicht da rein«, ruft Gregor, als Pampel die Klotür öffnet, »hier lang.«

Flocke schnappt sich Pampel und zieht ihn hinter sich her.

Dabei fuchtelt Pampel mit den Armen hin und her: »Ups«, ruft er, falsche Tür.«

Am Ende des Flurs steht ein Arzt und sieht, wie Pampel von Flo-cke am Schlafittchen genommen hinter ihr hin und her wackelt. Vor Flocke geht Gregor, davor die Krankenschwester, davor Gre-gors Mutter, davor der Vater. Alle in einer Reihe. Wie eine Polo-naise sieht das aus. Denkt der Arzt wohl auch, denn er dreht sich um, hebt die Arme, geht los und schwenkt sie hin und her. Ein bisschen wackelt er auch mit den Hüften. Gregor dreht sich zu Flocke und Pampel um. Er lächelt ungläubig.

Der Arzt erreicht als Erster das Behandlungszimmer und erwartet dort die Karawane neben dem Behandlungstisch. Gregor klettert darauf. Sein Lächeln gefriert. Seine Hand presst sich auf das Pflaster an seinem Hals.

»Ich mach das nicht ab«, sagt er.

»Erst mal einsprühen«, sagt die Schwester, »dann geht es leichter ab.«

»Nein, ich kenn das«, ruft Gregor.

Da fängt Pampels kleiner Koffer an, zu wackeln.

»Oh nein«, sagt Flocke, »geht das schon wieder los.«

»Was denn?«, fragt Gregor, während die Krankenschwester sprüht.

»Ey«, sagt Gregor.

Pampels Koffer wackelt heftig. Er kann ihn kaum halten.

»Lass ihn raus«, sagt Flocke.

Der Koffer stößt einige Kotzschalen um, sie purzeln zu Boden.

»Pampel! Vorsichtig!«, ruft Gregor.

»Jetzt können wir das Pflaster gut abmachen, es ist super feucht«, sagt die Schwester.

»Nein!«, sagt Gregor.

»Jetzt lass ihn endlich raus, Pampel«, sagt Flocke. Pampel kann den Koffer kaum halten.

»Wen denn?«, fragt der Arzt.

»Den Hund«, sagt Flocke.

»Den Hund?«, fragen alle.

»Da ist doch kein Hund drin«, sagt Gregor.

»Doch«, sagt Pampel, »aber ich kann ihn nicht raus lassen. Du hast bestimmt Angst.«

»Ich habe keine Angst!«, sagt Gregor.

»Na gut«, sagt Pampel und öffnet vorsichtig und ganz langsam den Koffer.

»Dann können wir auch das Pflaster abmachen«, sagt die Schwester, »wenn du keine Angst hast.«

»Nein, nein, nein«, ruft Gregor.

Pampel greift in den Koffer.

Flocke geht einen Schritt zurück. »Vorsichtig!«, flüstert sie.

Gregor macht große Augen.

»Ich mach nur die Ecke los, den Rest kannst du ja machen«, sagt die Schwester.

»Au!«, ruft Gregor.

Pampel zieht eine lange, dünne, schlappe rote Wurst aus dem Koffer.

»Das ist doch kein Hund!«, sagt der Arzt.

»Jetzt ist die Ecke locker, jetzt kannst du …«

Gregor zieht am Pflaster.

Die Krankenschwester sprüht noch mal nach. Damit es besser abgeht.

»Ich mach das alleine«, sagt Gregor.

Pampel pustet gerade mit einer großen Luftpumpe Luft in die lange, dünne, schlappe rote Wurst. Die wird noch länger, dafür aber dick und gar nicht mehr schlapp. Aber immer noch rot.

»Auahhh. Das geht nicht ab«, sagt Gregor.

»Das ist schon superlose«, sagt die Krankenschwester.

»Das ist ne Schlange«, ruft Flocke, »eine Schlange, Hiiiiiilllllfeeeee!!«

»Das ist ein Luftballon«, meint Gregor, »der tut nichts!«

Die Schwester greift zum Pflaster.

»Ich mach das alleine!«, sagt Gregor.

Pampel dreht und quetscht am Ballon. Dabei stößt er überall an. Flocke geht in Deckung. »Pampel kämpft mit der Schlange, vorsichtig!« Ihr langer Arm und der ausgestreckte Zeigefinger zeigen auf Pampel. Sonst ist nichts zu sehen von Flocke.

»Das – ist – ein – Ballon«, sagt Gregor noch mal. Mittlerweile ist das Pflaster fast ab.

Pampel streckt auch seinen Arm aus. Ganz lang macht er ihn. In der Hand hält er den verdrehten Ballon.

»Ein Hund!«, ruft Gregor.

»Genau!«, sagt der Hund. Hört sich wie bellen an.

»Nicht die Spritze – das kenn ich: Da wird mir wieder schlecht und ich muss kotzen«, sagt Gregor.

»Du bist echt mutig«, sagt der Hund, »Du hast gar keine Angst vor der Schlange gehabt.«

»Das war auch ein Ballon«, sagt Gregor.

»Die Spritze macht dich doch wieder gesund, Gregor«, sagt die Krankenschwester.

»So mutig wie du möchte ich auch mal sein«, sagt Flocke. Die ist wieder ganz zu sehen, nicht nur ihr Arm.

»Beim ersten Mal hast du es auch schon geschafft«, sagt die Krankenschwester.

»Da wusste ich ja auch nicht, dass mir schlecht wird«, antwortet Gregor.

»Ich mag auch keine Spritzen«, sagt der Hund.

»Da geht dir die Luft aus, was?«, meint Flocke.

»Ja«, sagt, Pampel, »oder er kriegt 'nen Knall.«

Flocke und Pampel lachen.

»Ich geh zu Gregor«, bellt der Hund, »der ist wenigstens mutig«. Mittlerweile hat die Krankenschwester die Medizin gespritzt und ein neues Pflaster geklebt.

∗∗∗

## 19. PUNKTE

*Pampel hat ein Bild gezeichnet. Dann hat er auf den Strichen der Zeichnungen Punkte gemacht und die Striche ausradiert. Du kannst jetzt alle Punkte wieder verbinden – ziehe einfach von irgendeinem Punkt einen Strich bis zu einem anderen Punkt, dann such dir wieder einen anderen Punkt aus und ziehe dahin den Strich weiter, jetzt der nächste Punkt. Mach so weiter, bis alle Punkte verbunden sind. Nun siehst du eine Zeichnung: deine Zeichnung! Das ist doch faszinierend: Obwohl alle die gleichen Punkte haben, sieht jede Zeichnung bestimmt anders aus - jeder hat seine eigene Zeichnung! Auf der Seite 78 kannst du sehen, wie Pampel seine Zeichnung genannt hat.*

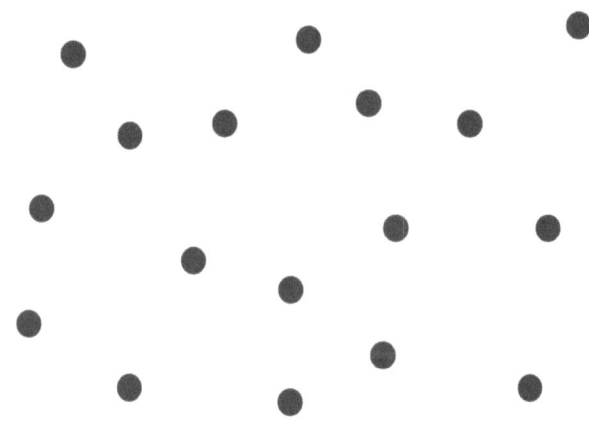

## 20. TROST

Heute ist Pampel mit Lilly unterwegs. »Melina ist heute ein wenig traurig«, sagt die Krankenschwester zu den beiden. »Sie ist fünfzehn und möchte einfach nach Hause. Geht aber noch nicht.«
»Oh«, sagt Pampel, »wir schauen mal bei Melina vorbei.«
»Klar«, sagt Lilly und schon klopft Pampel vorsichtig an die Tür. Keine Antwort. Pampel öffnet die Tür. Melina sitzt auf der Fensterbank. Tränen rinnen ihr übers Gesicht.
»Wir stören nicht lange«, sagt Lilly.
»Du bist ganz traurig«, sagt Pampel leise zu Melina.
»Man darf traurig sein«, sagt Lilly.
Melina guckt die beiden nur an, sagt kein Wort.
»Ich«, sagt Pampel, »ich geh hier aber nicht eher wieder weg, bevor ich was abgegeben habe.«
»Was denn?«, fragt Lilly. Pampel öffnet seinen Koffer, holt einen kleinen Herzchenluftballon heraus, pustet ihn auf und reicht ihn Melina. Melina rutscht von der Fensterbank, kommt auf Pampel zu und nimmt ihn ganz fest in die Arme. Pampel ist überrascht und schaut zu Lilly. »Das ist schon in Ordnung«, sagt Lilly. Melina und er halten einander ganz lange in den Armen, und Pampel spendet allen Trost, den er hat. Dann nimmt sie den Herzchenballon und setzt sich wieder auf die Fensterbank.
»Tschüss, Melina«, sagt Lilly.
»Tschüss, Melina«, sagt Pampel.
Melina braucht nichts zu sagen.

***

## 21. EIN WITZ

Kommt ein Mann zum Arzt mit nem Frosch auf dem Kopf.
Fragt der Arzt den Frosch: »Wo haben Sie sich denn den eingetreten?«

\*\*\*

## 22. KOPFWEH

Pampel hat einen Regenschirm auf dem Kopf. Falls es ins Krankenhaus mal reinregnen sollte, meint er. Sicher ist sicher.
Anton findet das gar nicht so toll. Immer wieder stößt Pampels Regenschirm an Antons Kopf. Die beiden stehen gerade vor Marvins Bett.
Marvin ist acht Jahre alt und staunt nicht schlecht über die beiden Gestalten, die da gerade zu ihm ins Zimmer gekommen sind.
Ganz ernst schaut er. Marvin weiß nicht so recht, was die beiden wollen.
Aber lustig sehen Anton und Pampel schon aus: Pampel mit seinem Regenschirm und Anton mit seiner kurzen Lederhose. Pampel dreht seinen Kopf zu Anton und bums, der Regenschirm dongt Anton gegen den Kopf.
»Aua«, ruft Anton und reibt sich die Stirn. »Mein Kopf tut weh«, sagt er noch und schaut Pampel ganz kläglich an.
»Oh!«, meint Pampel. »Ich weiß, was gegen Kopfweh hilft!«
»Was denn?«, will Anton wissen und schaut Pampel an.
»Der Kopf tut nicht mehr weh, wenn ich dir in den Po kneife!«, sagt Pampel, schaut Marvin an und zeigt ihm mit Daumen und Zeigefinger, wie er Anton in den Po kneifen wird. Marvin lächelt

leicht. Pampel nickt und ehe Anton was sagen kann, kneift Pampel zu.

»Aua«, ruft Anton und reibt sich den Po. »Mein Po tut weh!« Marvin lacht laut auf. Marvins Mama lacht erstaunt.

»Siehste!« Pampel lacht auch. »Ich weiß, was hilft, wenn der Po wehut«, sagt er dann.

»Was denn?«, will Anton wissen und schaut Pampel an.

»Wenn ich dir in den Bauch pikse!« Und schon bohrt sich Pampels Finger in Antons Bauch. Aber nicht fest. Das sieht auch Marvin. Aber er muss trotzdem laut lachen.

»Aua«, ruft Anton und reibt sich den Bauch. »Mein Bauch tut weh.« Marvins Mama lacht auch laut.

»Ich weiß, was hilft, wenn der Bauch weh tut«, sagt Pampel wieder.

Marvin guckt ganz gespannt. Anton auch. »Was denn?«

Schon tritt Pampel auf Antons Fuß. Na ja, nicht richtig, hört sich aber so an und Anton hüpft wild durchs Zimmer und ruft immer wieder: »Aua, aua.«

Pampel läuft hinter her: »Ich weiß, was hilft!« Und schon bekommt Anton einen eleganten Tritt in den Hintern.

»Aua, der Po tut wieder weh«, ruft Anton.

Schon zieht Pampel ihn am Ohr.

»Aua, mein Ohr«, ruft Anton, da landet auch schon Pampels Faust auf seinem Kopf.

Kaum hat Anton »Aua« gerufen, pikst Pampel ihn in den Po. Anton ist schon an der Tür, öffnet sie und ruft: »Herr Doktor, mir tut alles weh …«, und jetzt ist er auf dem Krankenhausflur verschwunden.

Pampel läuft hinter her. »Da weiß ich, was hilft …«, ruft er Anton hinterher. Er schließt die Tür und verabschiedet sich feixend von Marvin und seiner Mama.

Marvin sitzt glucksend in seinem Bett. Die Mama wischt sich die Tränen aus dem Gesicht.

»Aua, mein Bein!«, hören die beiden Anton vom Flur her rufen. »Aua, meine Nase …«

✳✳✳

### 23. BUSHALTESTELLE VERLEGT

Also so was! Pampel verlegt manchmal seine Schlüssel. Oder seine Geldbörse.
Aber gleich eine ganze Haltestelle!
Das war bestimmt ein ganz schön schusseliger Busfahrer!

## 24. DER WINKEKARTON

Pampel und Flocke kommen gerade aus der Umkleide und laufen
dabei Kathi, der Krankenschwester vom Empfang, über den Weg.
Sie hat den Arm voller ungefalteter Kartons.

»Ah«, ruft Pampel, »hast du gleich Bastelstunde?«

»Ja«, sagt sie, »und jetzt wollen wir mal sehen, wie gut ihr bas-
teln könnt.« Und schon drückt sie den beiden je einen Karton in
die Hand. »Eins, zwei, drei«, ruft Kathi, »und los!«

Flocke faltet sofort wild herum. Pampel knickt am Karton eine
Ecke, da flutscht ihm die Pappe aus der Hand.

»Fertig!«, ruft Flocke. Sie hat den Karton fertig gefaltet, mit Deckel und allem Drum und Dran.

»Ich bin auch fertig«, ruft Pampel. »Ich habe eine
Winkemaschine gebastelt!« Dabei wackelt er mit dem Karton und
das, was mal Deckel werden soll, wippt auf und ab.

»Oh, Pampel«, sagt Kathi und läuft schmunzelnd und kopfschüt-
telnd davon. Sie nimmt den Karton, den Flocke gefaltet hatte mit.
Pampel darf seinen behalten.

»Pampel, du musst noch viel lernen«, sagt Flocke.

»Ja gut«, sagt Pampel, »das ist auch das erste Mal, dass ich eine
Winkemaschine gebastelt habe, aber guck mal Flocke, wenn ich
ganz doll winke, macht sie auch Wind!«

»Oh, Pampel«, sagt Flocke und läuft los. »Lass uns die Kinder
besuchen!«

Auf dem Weg zur Krankenstation zeigt Pampel überall seine
Winkemaschine. Ganz stolz ist er, dass er auch Wind machen
kann.

Niemand ist sicher vor ihm.

Flocke geht das langsam auf die Nerven. »Pampel, du machst ganz schön viel Wind um deine Winkemaschine«, sagt sie immer wieder.

»Mit!«, sagt dann Pampel. »Ich mach viel Wind mit meiner Winkemaschine. Guck mal, fast mach ich einen Sturm.«

Flockes Haare fliegen. Sie muss fast kreischen.

Schließlich stehen sie vor Jonathans und Sandys Zimmer. Jonathan ist sieben Jahre alt, Sandy acht. Flocke klopft an, Pampel klemmt sich seine Winkewindmaschine unter den Arm.

Kaum sind Pampel und Flocke im Zimmer ruft Jonathan: »Da seid ihr ja endlich!«

Flocke und Pampel kennen Jonathan ganz gut. Sandy auch. Doch sie kommen gar nicht dazu, die beiden zu begrüßen. Denn Jonathan zeigt Pampel gleich die Clownsgazette – die Zeitung der Clowns.

»Wie du kochst!« Jonathan zeigt auf »Pampels Kochstudio« in der Gazette. Pampel zeigt da, wie er Spaghetti kocht. »Was hast du denn da unter deinem Arm?«

»Oh«, ruft Pampel freudig, »Das ist meine Winkemaschine!«

»Nein!«, ruft Flocke.

»Doch«, sagt Pampel, »das weißt du doch.«

»Ja!«, sagt Flocke, »das weiß ich. Das ist ja das Problem.«

»Wieso?«, fragt Pampel.

»Ich hab das schon hundertfünfzig Mal gehört!«

»Was?«

»Dass du eine Winkemaschine hast.«

»Echt? Hat sich das schon sooooo weit rumgesprochen?«

Flocke sinkt mit einem Seufzer in einen Stuhl.

»Die ist echt toll!« Pampel zeigt, wie toll er damit winken kann.

»Ich kann es nicht mehr sehen!«, sagt Flocke.

»Dann guck doch weg«, sagt Pampel.

»Na gut.« Flocke guckt weg. Pampel winkt. Jonathan und Sandy schmunzeln.

»Fertig«, ruft Pampel. Flocke guckt wieder. Pampel schielt kurz zu Jonathan, dann winkt er wieder. Flocke schreit auf und guckt schnell wieder weg. Jonathan und Sandy prusten laut auf.

»Fertig«, ruft Pampel. Flocke guckt wieder. Pampel winkt wieder. Flocke guckt wieder schnell weg. Die Kinder lachen.

Pampel gibt Jonathan die Winkemaschine und sagt zu Flocke:

»ICH winke nicht mehr, Flocke.«

Jonathan hat verstanden. Flocke guckt und jetzt winkt Jonathan mit der Winkemaschine.

Flocke schreit entrüstet auf und guckt wieder schnell weg. Sandy und Jonathan biegen sich vor Lachen. Pampel findet es auch total witzig.

Jonathan reicht ihm die Gazette. Pampel versteht.

»Flocke! Jonathan winkt nicht mehr.« Flocke guckt, Pampel winkt mit der Gazette. Flocke guckt wieder schreiend weg.

Die Kinder gibbeln. Flocke guckt und jetzt winken Pampel mit der Gazette und Jonathan mit der Winkemaschine gleichzeitig.

»Hilfe!«, ruft Flocke, steht auf und rennt aus dem Zimmer. Jonathan hinterher, wild winkend. Sandy schmeißt sich aufs Bett und lacht laut ins Kopfkissen.

»Tschüss, Sandy«, sagt Pampel, »ich muss Flocke retten.« Und schon saust er aus dem Zimmer, immer dem Geschrei von Flocke hinterher.

## 25. Ein Gedicht

**Auf dem Klo**

Plötzlich fange ich an zu lachen.
Ihr fragt euch jetzt, warum und wieso?
Muss nicht Pipi noch Kacki machen,
find mich trotzdem sitzend auf dem Klo.


Ihr, die Klugen und die Gescheiten
Ihr könnt Euch jetzt bei mir bedanken:
So bringt man kleine Gewohnheiten
ganz einfach ohne Druck ins Wanken.

\*\*\*


## 26. Heute nicht

Heute ist Pampel mit Gabriela unterwegs. Die beiden klopfen
leise an Sophies Zimmertür. Sie wissen, dass es Sophie heute
nicht ganz so gut geht. Pampel kennt Sophie schon ganz lange,
sie ist 13 Jahre alt. Gabriela ist zum ersten Mal bei ihr zu Besuch.
Pampel öffnet die Tür und linst um die Ecke. Er sieht einen Para-
vent und nicht Sophie. Deshalb trippelt er vorsichtig zum Para-
vent und lugt da um die Ecke. Sophie liegt im Bett. Von ihm ab-

gewandt.

»Hallo Sophie«, sagt Pampel. Gabriela hat sich hinter Pampel geschmuggelt und schaut über seinen Kopf zu Sophie.

Sophie wendet sich den beiden zu, sie sieht müde aus und blass.

»Heute nicht«, sagt sie.

»Sophie«, sagt Pampel, »wir sind sofort wieder weg, aber weißt du was: Ich hab mich so auf dich gefreut, lass mich dich noch ein wenig anschauen.«

Pampel schaut und über Sophies Gesicht breitet sich ein ganz großes Lächeln aus.

»Tschüss, Sophie«, sagt Pampel.

»Tschüss, Pampel«, sagt Sophie.

Leise schließt Pampel die Zimmertür.

»Ich hab schon lange nicht mehr ein so schönes Lächeln gesehen«, sagt Gabriela.

»Meinst du meins oder Sophies Lächeln?«, fragt Pampel.

»Beide«, sagt Gabriela.

* * *

## 27. KÄSEKÄSTCHEN

Käsekästchen, das ist Pampels Lieblingsspiel. In diesem Kapitel wird also nicht gelesen, sondern gespielt. Du kannst es gleich hier auf dieser Seite auf dem Kästchenpapier unten machen. Grenze ein Spielfeld ab von 11x11 Kästchen. Du brauchst einen Mitspieler – oder eine Mitspielerin. Käsekästchen spielst du am besten erst einmal zu zweit. Später kannst du auch zu dritt oder zu viert spielen. Was du noch brauchst: einen Stift, dann kann es schon losgehen. Wer am Zuge ist, muss einen Strich ziehen, also auf der Linie zwischen zwei Kästchen.

Wer mit seinem Strich den letzten Strich um ein Kästchen zieht, damit eins oder sogar zwei Kästchen schließt (die Grenzlinie, die du gezogen hast, gilt als Strich), setzt sein Zeichen (Kreuz, Kreis, Häkchen …) hinein und ist sofort noch einmal dran.

Du musst kein Kästchen durch einen Strich zu schließen, aber: Wer die meisten Kästchen hat (jeder zählt seine Zeichen, wenn keiner mehr einen Strich machen kann) hat gewonnen.

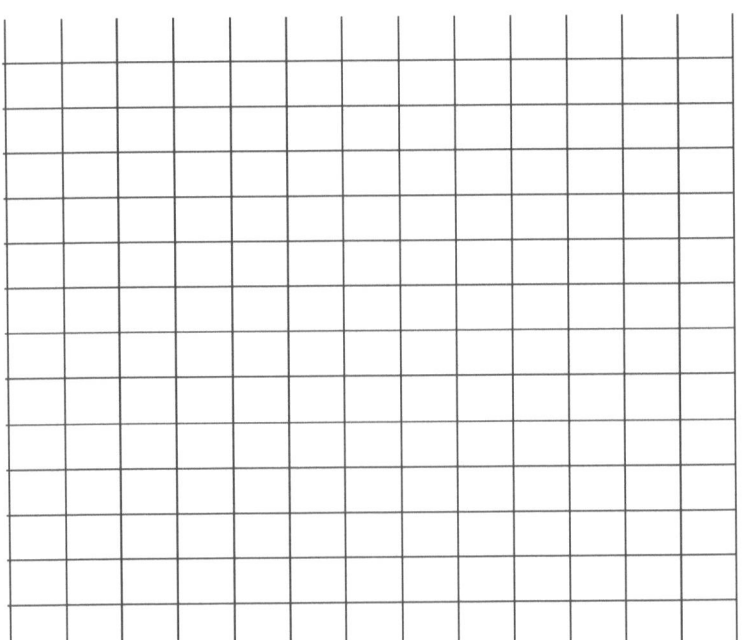

Pampel klopft vorsichtig an die Tür zu Joels Krankenzimmer. »Klopf, klopf, klopf«, singt er dabei, »Klopf, klopf, klopf.« Joel, acht Monate alt, wird von Mamas Arm gehalten. Er sieht aus, als wäre er gerade aufgewacht. Joel sieht die beiden Clowns, Pampel und Antonella mit großen staunenden Augen an. Papa zückt sein Smartphone, Mama lächelt und flüstert Joel ins Ohr: »Uiii, die Clowns, guck mal da.« Die Clowns bleiben in der Tür stehen, Pampel singt weiter und klopft dabei vorsichtig an die Wand:

> »Klopf, klopf, klopf, ich bin der Pampel
> und klopfe an die Wand,
> das ist die Antonella, der reich' ich meine Hand.

> Klopf, klopf, klopf. Klopf, klopf, klopf. Klopf. Klopf.
> Klopf.

> Klopf, klopf, klopf, ich bin der Pampel
> und klopfe an die Türklinke,
> das ist die Antonella, der ich jetzt ganz lustig winke,

> Klopf, klopf, klopf.
> Klopf, klopf, klopf.
> Klopf. Klopf. Klopf.«

Antonella steigt mit ein:

**67**

»Klopf, klopf, klopf.«

Sie tanzt ganz sacht dabei.
Papa filmt alles haargenau, mal Pampel, mal Joel, der immer
noch erstaunt guckt, manchmal lächelt. Mama gluckst über Pampels Reimkunst.

»Klopf, klopf, klopf, ich bin der Pampel
und klopfe auf meinem Bauch,
das ist die Antonella, das kann sie auch.

Klopf, klopf, klopf.
Klopf, klopf, klopf.
Klopf. Klopf. Klopf.

Klopf, klopf, klopf, ich bin der Pampel
und klopfe an die Tür,
das ist die Antonella, da kann sie ja nichts für.

Klopf, klopf, klopf.
Klopf, klopf, klopf.
Klopf. Klopf. Klopf.

Klopf, klopf, klopf, ich bin der Pampel
und klopf sogar im Steh'n,
das ist die Antonella, die muss jetzt leider geh'n.

Klopf, klopf, klopf.
Klopf, klopf, klopf.

Klopf. Klopf. Klopf.«

Jetzt singt Antonella:

>»Ich bin die Antonella und klopfe an meine Weste,
das ist der Pampel, der geht mit, das ist das Beste.«

Und beide singen lachend:

>»Klopf, klopf, klopf.
Klopf, klopf, klopf.
Klopf. Klopf. Klopf.«

Singend ... äh klopfend gehen beide aus dem Zimmer.

\*\*\*

### 29. SO SPIELT PAMPEL KÄSEKÄSTCHEN

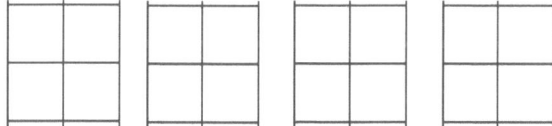

Pampel grenzt ein Spielfeld mit 4 Kästchen ab. Er ist großzügig:
Sein Mitspieler oder seine Mitspielerin darf anfangen und den
ersten Strich ziehen. Dann ist Pampel dran und kann alle 4 Kästchen schließen und hat gewonnen! Aber Pampel spielt immer

viermal. Zweimal fängt Pampel an. So gewinnt jeder gleich oft.

***

### 30. *LIEBER GRUSELIG ALS LANGWEILIG*

Die Tür zu Isabels Zimmer steht offen. Isabell, neun Jahre, liegt in ihrem Bett. Niemand sonst da. Sie schaut zu Pampel und Antonella, die ins Krankenzimmer hereinschlendern. Isabel stützt ihren rechten Arm mit ihrem linken Arm ab. Ansonsten guckt sie recht gelangweilt. Antonella versucht ihre Arme so zu verbiegen wie Isabel. Sie bekommt es nicht hin.
»Langweilig«, sagt Isabell.
Antonella, mit verdrehten Armen, guckt Pampel an, Pampel guckt Antonella an. Beide gucken Isabell an.
»Äh«, sagt Pampel, »wir versuchen es mal mit den Beinen.«
Pampel und Antonella verdrehen ihre Beine. Ganz verkorkst stehen sie da. Sie gucken Isabell an.
»Langweilig«, sagt Isabell.
Pampel schwankt. Dabei tappt sein Fuß auf den Boden. »Tapp« macht es.
Antonella hört das und macht auch »Tapp« mit ihrem Fuß. Es entsteht ein Rhythmus. Die beiden entwirren sich und beginnen zu steppen. Beide zusammen, dann nur Pampel, dann Antonella. Sie unterhalten sich steppend. Sie kommen ganz aus der Puste, geben noch einmal alles. Ganz gespannt schauen sie zu Isabell.
»Mmhhm«, macht sie und zuckt leicht mit der Schulter.
Pampel und Antonella klatschen sich ab. »Glückwunsch«, sagen sie.

70

»Du bist eine gute Stepperin, Antonella.«

»Du bist ein guter Stepper, Pampel«, sagt Antonella.

Beide schauen sie wieder zu Isabell.

»Geht so«, sagt sie, »irgendwie langweilig.«

»Besser langweilig als gruselig«, sagt Antonella.

»Ne«, sagt Isabell.

»Lieber gruselig?«, fragt Antonella.

»Ja«, sagt Isabell.

»So«, sagt Pampel, »dann machen wir es jetzt gruselig. Er geht zum Fenster und zieht die Vorhänge zu. Es ist dunkel im Zimmer. Pampel zieht eine Grimasse, wankt auf Isabell zu und macht: »Uuuhhh, ahhhh, uuuhhh ...«

»Na, ist das gruselig?«, fragt Antonella.

»Nö«, sagt Isabell.

»Pampel, du musst gruseliger werden«, sagt Antonella.

»Na gut«, sagt Pampel. Er verdreht die Augen, hebt die Arme, die Hände zu Klauen geformt grummelt er: »Uuuahhhaaahhhh, ich bin ein Monster.«

Isabell gähnt.

»Wieso gruselst du dich nicht?«, fragt Pampel Isabell ganz enttäuscht.

Antonella dreht sich Pampel zu und sagt: »Du bist nicht gruselig genug.«

Papel guckt ganz bedröppelt zu Isabell. Sie zieht eine Grimasse.

Pampel reißt die Augen auf. »Antonella! Ich weiß, warum Isabell sich nicht gruselt.« Er geht langsam rückwärts, streckt seinen Arm aus und zeigt auf Isabell. »SIE ist ein Monster.«

»Was?« Antonella schaut zu Isabell. Sie lacht Antonella ganz freundlich an.

»Isabell sieht doch ganz freundlich aus«, sagt Antonella zu Pampel. Pampel schaut wieder zu Isabell. Sie zieht eine Grimasse und streckt die Zunge heraus. Pampel läuft zur Tür. »Schnell Antonella, wir müssen hier raus.« Isabell kichert in sich hinein.

Antonella schaut wieder zu Isabell. »Aber wieso denn, Isabell lächelt doch ganz freundlich.« Und tatsächlich, Isabell lächelt Antonella gaaaaaanz unschuldig an. »Siehst du, Pampel.« Antonella sieht aber nicht, wie Isabell wieder ganz doll monstermäßig die Zunge herausstreckt.

Pampel rennt aus dem Zimmer, mit den Rücken steht er an der Wand. »Da«, sagt er nur und zeigt wieder zu Isabell.

»Weißt du, was er hat?«, fragt Antonella Isabell.

»Nö«, sagt Isabell.

»Da!«, ruft Pampel, als Isabell wieder die Zunge herausstreckt. Antonella hat es wieder nicht gesehen. »Ich muss mir das von draußen angucken«, sagt sie zu Isabell, »Ich sag schon mal tschüss, ich glaub nicht, dass ich Pampel wieder hier reinbekomme.« Pampel schleicht im Flur davon.

»Tschüss«, sagt Isabell.

Antonella guckt im Flur nach Pampel. Sie schaut und geht allerdings in die falsche Richtung. »Pampel?«, ruft sie.

Pampel schleicht schweigend an Isabells Zimmer vorbei. Vorsichtig winkt er Antonella hinterher. Kurz riskiert er einen Blick ins Zimmer. Isabell streckt ihm die Zunge raus. Pampel zuckt zusammen, dann grinst er. Antonella steckt den Kopf um die Ecke und grinst ins Zimmer. Isabell grinst zurück.

»Alles gut, Pampel«, sagt Antonella, winkt Isabell zu und ist verschwunden.

Pampel schaut Isabell an. Lachend streckt sie ihm die Zunge raus

## Gedicht ohne zweite Strophe

Neulich bin ich in eine Pfütze getreten.

Darum hat mich niemand gebeten.

Und gestern hab ich meinen Finger in die Nase gesteckt,

ganz lang hat er sich nach einem Popel gereckt.

Und heute schreib ich dieses komische Gedicht,

doch eine zweite Strophe, die schreib ich nicht.

Denn da fällt mir gar nichts zu ein,

darum lass ich's lieber sein.


So, das ist nun die dritte Strophe.

Denn die Zweite, die doofe,

gibt es nicht

in diesem Gedicht.

Ich hab es ja schon geschrieben:

Sie hat einfach meine Gedanken vertrieben.

Darum gibt es der Strophen drei,

einfach ohne Strophe zwei.

*Das würde Aram gefallen: einen Tritt in den Po...*

Aram ist neun Jahre alt. Es geht ihm nicht gut. Er ist ganz schwach, kann sich nur im Rollstuhl bewegen, seine Augen sind ganz gelb. Die Tür zu Arams Zimmer steht auf, er liegt in seinem Bett und guckt ganz gequält. »Alles tut weh«, sagt er, als Pampel fragt, wie es ihm geht. Arams Handy klingelt. Ein Telefonat aus seiner Heimat Irak. Flocke holt einen Luftballon aus ihrer Tasche, pustet ihn auf, macht einen Knoten rein und gibt ihn Pampel. Aram beendet das Telefonat. Pampel weiß nicht, wohin mit dem Ballon. Da hat er eine Idee. Er reibt ihn an der Korkpinnwand. Er lässt den Ballon los und siehe da: Der Luftballon fällt nicht runter: Er klebt an der Pinnwand. »Tatatata«, macht Pampel ganz stolz. Aram nickt anerkennend.

»Bravo Pampel«, sagt Flocke.

Da greift sich Pampel übermütig eine Flasche und reibt sie ebenfalls an der Pinnwand.

»Aber nicht los ...«, sagt Flocke, da lässt Pampel auch schon los. »... lassen ... », sagt Flocke. Die Flasche fällt, gerade eben kann Pampel sie noch auffangen.

Aram legt den Kopf schief. Da greift Pampel sich Arams Jacke, die über der Stuhllehne hängt und reibt sie an der Pinnwand, lässt sie los und fängt sie auch gleich wieder auf, als sie runterfällt. Peinlich berührt hängt Pampel die Jacke wieder über die Stuhllehne. Aram und Flocke schauen sich an, beide zucken mit der Schulter. Da hat Pampel Arams Handy entdeckt, nimmt es und will es an der Pinnwand ...

»Nein, Pampel!«, ruft da Flocke.

Vorsichtig legt Pampel das Handy zurück und stößt dabei mit seinem Bein an den Stuhl. Kurzentschlossen nimmt er den Stuhl und will ihn an der Pinnwand ...

»Pampel!«, ruft Flocke. Aram schlägt eine Hand vors Gesicht und schüttelt den Kopf. Da fällt der Luftballon von der Pinnwand ab. Pampel will ihn fangen und stößt dabei eine leere Wasserflasche um, die eine Medizindose umschmeißt. Schnell fängt Pampel alles auf, reibt den Luftballon an der Pinnwand, bis er wieder kleben bleibt. Pampel steht jetzt genau neben Flocke.

»Wir gehen jetzt besser«, sagt sie.

»Nein!«, sagt Aram, »könnt ihr nicht noch ein bisschen bei mir bleiben?« Er deutet irgendwas mit dem Kopf an.

»Was?«, fragt Flocke.

»Nicht du«, sagt Aram, zeigt auf Pampel und nickt nochmals mit dem Kopf. Da versteht Pampel. Er weiß, was Aram will. Ganz geschickt gibt Pampel Flocke einen leichten Tritt in den Po. Flocke schreit auf, Aram lacht. Das fand er bei den anderen Besuchen von Flocke und Pampel auch immer ganz witzig.

»Pampel!«, ruft Flocke.

»Das war er nicht!«, ruft Aram.

»Stell dich jetzt mal lieber hier hin«, sagt Flocke.

Pampel wechselt die Seite und steht jetzt links neben Flocke.

»So ist's besser«, sagt Flocke.

Aufmunternd nickt Aram Pampel zu. Alles klar! Zack, hat Flocke wieder Pampels Fuß am Po.

»Oh Pampel!«, ruft Flocke.

Pampel schreit auf vor Schmerz. Er hat sich bei dem Tritt irgendwas gezerrt. Er humpelt, hält sich seinen Oberschenkel. »Einen Arzt«, ruft er, »ich brauch einen Arzt.«

»Oh, Pampel ...«, Flocke schaut zu Aram.

Pampel humpelt aus dem Zimmer. »Gibt es hier einen Arzt?«, ruft er auf dem Flur, »ich brauch einen Arzt. Es muss hier doch einen Arzt geben ...«

»Tschüss, Aram«, sagt Flocke, »ich geh jetzt mal lieber nach Pampel gucken.«

»Tschüss«, sagt Aram, lächelt und guckt ganz entspannt.

∗∗∗

### 33. Noch mehr Punkte

*Diesmal hat Lisette ein Bild mit Punkten gemalt. Sie hat sogar Zahlen dran gemacht. Such die 1, und ziehe einen Strich zur 2, dann weiter zur 3 usw., bis du alle Punkte verbunden hast.*

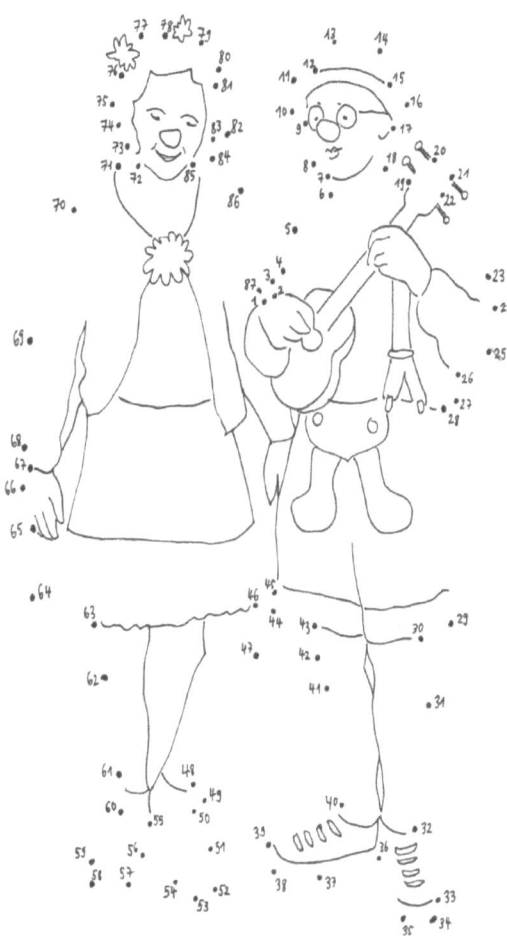

## 34. SCHLEUDERTRAUMA

Ruben, fünf Jahre, sitzt in seinem Bett, Schläuche führen zu ihm hin und von ihm weg. Seine Mama sitzt neben ihm, hält seine Hand. Schwach sieht Ruben aus, sein Gesicht ist geschwollen.

Flocke tänzelt ins Zimmer, Pampel dackelt hinterher. Er ist müde und schlapp. Ruben kennt Flocke und Pampel gut. Er streckt seine Hand aus, um Pampel zu begrüßen. Pampel streckt ihm seinen Finger entgegen, Ruben greift zu und schüttelt Pampels Finger ein wenig hin und her. Pampels Finger und Hand wackeln ein bisschen, doch sein ganzer Körper schleudert herum. Pampel stöhnt, Ruben staunt.

Ruben lässt Pampels Finger los und Pampel wirbelt durchs Zimmer, landet zwischen Infusionsständer und Nachttisch.

»Mensch, Ruben«, sagt Flocke, »bist du stark.«

»Ja«, sagt Ruben und nickt.

Pampel hat sich aufgerappelt. »Tschüss, Ruben«, sagt er und streckt Ruben zum Abschied seine Hand entgegen. Ruben greift zu und schleudert Pampel wieder hin und her, lacht und lässt dann los. Pampel landet an der Wand, quer über den Tisch.

»Pampel? Alles in Ordnung?«, fragt Flocke.

»Ja«, sagt Pampel, der immer noch an der Wand klebt. »Mir geht es gut. Ruben, du bist echt stark.«

»Noch mal«, sagt Ruben.

Pampel schält sich von der Wand und lässt sich wieder von Ruben durch die Gegend schleudern.

Flocke fängt Pampel auf.

»Flocke«, sagt Pampel keuchend, »sag du mal Ruben auf Wiedersehen.«

»Ja«, ruft Ruben, »Flocke.« Kaum hat Ruben Flockes Hand ergriffen, wird sie durch das Zimmer gewirbelt. Flocke quietscht auf und kreiselt aus dem Zimmer hinaus. Alle hören sie noch quietschen, als sie schon lange nicht mehr zu sehen ist.

»Wow! Ruben!«, sagt Pampel. »Stark!«

»Ja«, haucht Ruben, »stark.«

Pampel winkt lieber zum Abschied. »Ich geh mal Flocke suchen.«

»Danke«, sagt Rubens Mama.

\*\*\*

## 35. DREI WORTE

*Manchmal bitten die Clowns um drei Worte, drei Worte, die einem Kind spontan einfallen. Dann erzählen sie eine Geschichte, in denen diese drei Worte vorkommen – manchmal erzählt der eine Clown die Geschichte, der oder die Clownin spielt dann diese Geschichte direkt vor. Auch du kannst jetzt eine Geschichte erzählen oder besser noch: aufschreiben. Dann kannst du mir deine Geschichte zuschicken an diese E-Mail-Adresse: thomas.wewers@t-online.de.*

*Wenn ich genug Geschichten für ein Buch zusammenhabe, veröffentliche es. Alle Einnahmen, die durch den Verkauf dieses Buches eingenommen werden, bekommt dann Clownsvisite. Ich bin sehr gespannt, alle Geschichte drehen sich um die gleichen drei Worte, sind aber bestimmt total unterschiedlich. Und hier sind die drei Worte:*

## Kalender

## Baum

## Löffel

*Wichtig ist, dass alle drei Worte die gleiche Wichtigkeit in der Geschichte haben, ansonsten:*
*Viel Spaß*

Antonella und Pampel klopfen an die Krankenzimmertür. Vorsichtig öffnet Pampel die Tür, steckt den Kopf ins Zimmer und fragt: »Besuch. Dürfen wir reinkommen?«

Im Bett am Fenster liegt Ferdinand, acht Jahre, im Bett am Schrank Diana, neun Jahre.

»Die Clowns!«, ruft Ferdinand und Diana nickt.

»Das ist ja schön«, sagt Ferdinands Mutter und Dianas Mama sagt: »Nur herein mit euch.«

»Oh wie schön«, ruft Antonella und stiefelt ins Zimmer, »hallo«, sagt sie noch.

»Hallo«, sagt auch Pampel. »Ich heiße Pampel«, sagt er. Dann zeigt er auf Antonella und sagt: »Und Antonella heißt Antonella. Wir kommen jede Woche und besuchen alle Kinder hier im Krankenhaus.«

Die Kinder gucken ganz gespannt und lächeln. Da entdeckt Pampel am Fußende von Dianas Bett eine Windmühle.

»Antonella«, sagt er, »ich zeig dir mal einen Trick.«

»Da bin ich ja mal ganz gespannt«, antwortet Antonella.

Ganz nah stellt sich Pampel an die Windmühle, bückt sich, streckt den Kopf vor und macht einen ganz spitzen Mund. Fast berührt er die Windmühle mit seinen Lippen. Ferdinand guckt ganz erwartungsvoll und Diana lässt sich in ihr Kopfkissen fallen und gluckst in sich hinein. Sieht irgendwie komisch aus, wie Pampel da steht.

»Toller Trick«, sagt Antonella.

»Das war er doch noch gar nicht.«

»Ach so«, sagt Antonella.

Pampel dreht den Kopf zu Diana und fragt: »Darf ich?«
Diana nickt lächelnd.

Pampel pustet, was das Zeug hält. Ein Orkan weht durchs Zimmer, aber die Windmühle dreht sich kein Stück.

»Oh, nein«, ruft Ferdinand.

Diana gibbelt und schaut zu ihrer Mama. Sie lächelt auch.

»War das der Trick?«, fragt Antonella.

»Kaputt«, sagt Pampel. »Die Windmühle ist kaputt.« Er probiert es noch mal, pustet kräftig, doch sie bewegt sich kein Stückchen.

»Kannst du sie reparieren?«, fragt Pampel Antonella.

»Reparieren?« Antonella macht große Augen.

»Oh, nein«, ruft Ferdinand, »das geht doch nicht«.

»Ja«, sagt Pampel zu Antonella, »Hast du eine Bohrmaschine dabei oder 'nen Hammer?«

»Na klar«, ruft Antonella und wühlt in ihrer Tasche.

»ICH reparier die jetzt«, sagt Pampel zu Diana, während er darauf wartet, dass Antonella die Bohrmaschine findet.

»Der hat drüber gepustet«, flüstert Diana zu ihrer Mama.

»Ne Bohrmaschine in der kleinen Tasche? Das geht doch nicht«, sagt Ferdinand zu seiner Mutter.

Antonella zieht einen langen lila Pfeifenputzer aus ihrer Tasche.

»Was ist das?«, fragt Pampel.

»Meine Bohrmaschine!«, sagt Antonella ganz stolz.

»Das ist doch keine Bohrmaschine«, ruft Ferdinand. »Das ist irgend ... so 'n Ding.«

»Pppffffttt«, macht Diana.

Antonella dreht den Pfeifenputzer zu einer Spirale und dreht damit an der Windmühle rum.

»Oh, nein«, ruft Ferdinand.

»Repariert!«

»Dann probiere ich es noch mal. Achtung! Eins, zwei, drei.«
Pampel pustet wieder die Windmühle an. Sie dreht sich tatsächlich ein kleines bisschen.

Alle rufen: »Oooohhh, aaahhhh.«

»Super«, ruft Pampel, »jetzt der Hammer.«

»Der Hammer«, ruft Antonella und zieht einen kleinen Zollstock aus ihrer Tasche.

»Das ist doch kein Hammer«, ruft Ferdinand, »das ist auch irgendein Ding, aber kein Hammer.«

Mittlerweile hat Antonella den Zollstock gedreht und verformt, sodass er doch ein wenig wie ein Hammer aussieht. Damit klopft sie ganz vorsichtig an der Windmühle herum.

»Repariert.«

»Dann probiere ich es jetzt noch einmal«, sagt Pampel, »Achtung! Eins, zwei, drei!« Pampel pustet kräftig. Und tatsächlich: Die Windmühle dreht sich. Sogar mehr als nach der ersten Reparatur. Fast einmal ganz rum.

Wieder ein »Oohhh« und »Aahhhh«.

»Und jetzt ...«, Antonella zieht einen Luftballon aus ihrer Tasche, »meine Windmaschine!«

»Oh nein«, ruft Ferdinand, »das ist doch keine Windmaschine! Das ist ein Luftballon.«

Diana kichert.

Ruckzuck bläst Antonella die Windmaschine auf, hält sie an die Windmühle und lässt die Luft raus. Die Windmühle dreht sich wie verrückt.

»Repariert.«

»Wow«, sagt Pampel. »Diana, wir haben deine Windmühle repariert. Glückwunsch Antonella.« Die beiden Clowns schütteln sich die Hände.

Diana lacht, Ferdinand ruft: »Oh Mann, die war doch gar nicht kaputt«, schlägt die Hand vor die Stirn und schüttelt den Kopf.

»Was?«, sagt Antonella zu Pampel, »die war gar nicht kaputt?«

»Ne!«, ruft Ferdinand.

Antonella schaut Diana an. »Nicht?«, fragt sie.

Diana schüttelt den Kopf.

»Pampel«, sagt Antonella ganz gedehnt und stemmt ihre Hände in die Hüfte.

Pampel weicht zurück Richtung Tür. »Aber, aber«, stottert er, »ich hab doch gepustet, und ... und die hat sich nicht gedreht ...«

»Pampel«, sagt Antonella einfach nur.

»Ich hab ganz doll gepustet ...«

»Aber nicht richtig«, ruft Ferdinand mit lachendem Gesicht.

»Drüber«, sagt Diana.

»Pampel ...«, sagt Antonella streng.

Doch Pampel ist schon fast draußen. »Tschüss«, ruft er von der offenen Tür, »gute Besserung.«

Im Flur läuft eine Krankenschwester vorbei. »Ich hab grad eine Windmühle repariert«, sagt Pampel ein bisschen angeberisch zu ihr.

»Toll«, sagt Krankenschwester. Pampel dackelt hinter ihr her.

»Ja, erst hab ich ganz doll gepustet, aber da hat sich nichts gedreht, aber dann ...«, Pampels Stimme wird immer leiser und ist nicht mehr zu hören. »Oh Pampel! Tschüss, ihr beiden«, sagt Antonella, dann läuft sie hinter Pampel her. »Pampel. Die Windmühle war doch gar nicht kaputt«, ruft sie.

»Oh, Mann ...«, sagt Ferdinand.

**84**

**Aufzug**

Kommst du vor 'nem Haus zu stehen

willst mal schnell nach oben gehen


Doch an jedem deiner Arme

der linke ist schon ganz lahme

baumelt eine schwere Tasche

fühlst dich wie 'ne leere Flasche


willst deshalb nicht wie die Deppen

Beutel über Treppen schleppen

fragst dich, wie mach ich es denn bloß

die Freude ist dann riesengroß

Hängt an dem Haus ein Aufzug dran

mit diesem Gerät fährst du dann


In die Höhe ganz elegant

Vorbei an Treppe, Häuserwand

Willst dann wieder nach unten gehn

Fängst du langsam an zu verstehn

Obwohl der Aufzug Aufzug heißt

Er auch mit dir nach unten reist

\*\*\*

»Das Bett ist ganz schief.« Pampel ist irritiert. Das Bettchen von Damaris, sie ist übrigens zwei Jahre alt, steht vorne ganz hoch. Deshalb muss Damaris auf den Schoß ihrer Mama sitzen. Clara, zwölf Jahre alt, sitzt in ihrem Bett und liest.

Damaris Mama ist ganz begeistert, dass die Clowns da sind.

»Guck mal, Damaris, guck mal, die Clowns.«

»Hallo«, ruft Pampel, lächelt und winkt. Damaris lächelt zurück. Währenddessen versucht Antonella, das Bett geradezubiegen.

Da ruft Pampel plötzlich: »Antonella. Das Bett ist nicht kaputt, das Bett ist eine Rutsche!«

»Ach so«, sagt Antonella.

»Für den Bären«, sagt Pampel. Clara linst hinüber.

Damaris sagt: »Bär!« Der Bär liegt auf dem Kopfkissen in Damaris Bett.

»Hallo Bär«, sagt Pampel, »möchtest du rutschen?«

»Ja, hm, hm, gerne«, sagt der Bär mit Antonellas Stimme.

Der Bär richtet sich mit Pampel Hilfe auf, setzt sich auf das Kopfkissen und reibt sich seine Augen.

»Bär«, ruft Damaris.

»Okay, Bär, bist du bereit?«, fragt Pampel.

»Ja, hm, hm«, sagt der Bär, »bereit, hm, hm, ich bin bereit.«

»Achtung, ich zähle bis drei«, sagt Pampel. Clara guckt ganz gespannt.

»Eins, zwei, drei«, zählt Pampel.

Der Bär rutscht das Bett hinunter, ruft dabei »Juhu!« und bleibt mit seiner Nase in den Gitterstäben am Fußende stecken.

Alle lachen.

»Bär, Bär«, ruft Damaris und klatscht in die Hände.

»Noch mal«, ruft der Bär, »noch mal.« Wieder rutscht der Bär das Bett hinunter und juchzt vor Freude.

Damaris kriegt sich nicht ein, die Mama lacht auch. »Toller Bär«, sagt sie.

»Ohhaah«, gähnt da der Bär, »ich bin müde.« Er kuschelt sich aufs Kopfkissen. Pampel deckt ihn zu, schon schnarcht der Bär.

Pampel winkt zum Abschied und schleicht sich aus dem Zimmer, da entdeckt er in Claras Bett einen kleinen Hund. Er fragt Clara, ob ihr Hund auch rutschen möchte. Clara nickt.

»Hm, hm, was, was?« Der Bär wird wach. »Da möchte noch jemand mit mir rutschen?«

»Ja!«, ruft Pampel ganz begeistert, »Claras Hund will mit dir rutschen.«

»Super«, ruft der Bär, »komm rüber.«

»Achtung«, ruft der Hund, »ich nehme Anlauf.« Hechelnd läuft der Hund los. Vom Kopfkissen runter, über Claras Rücken auf ihren Kopf und von da springt er ins Gitterbett bis zum Bären.

»Bravo«, ruft Damaris Mama, Clara lacht.

Gemeinsam rutschen Bär und Hund und bleiben beide mit ihren Nasen in den Gitterstäben hängen. Damaris findet das lustig und Damaris Mama freut sich, dass Damaris sich so freut. Der Hund springt zurück in Claras Bett. Bär und Hund schlafen ein.

»Oh, Antonella«, sagt Pampel, »in Clara Bett liegt 'ne Jacke. Ob die auch rutschen will?« Pampel greift sich die Jacke.

»Ich glaube nicht«, sagt Antonella.

»Schade«, sagt Pampel und Clara lacht.

»Vielleicht die Bettdecke?«, fragt Pampel und greift die Bettdecke.

»Ich glaube nicht«, sagt Antonella.

»Schade«, sagt Pampel und Clara kichert.

»Vielleicht das Bett?«, fragt Pampel und hebt es hoch.

»Ich glaube nicht«, sagt Antonella.

Clara lacht laut.

»Will denn nichts mehr rutschen?«, fragt Pampel.

»Bär«, ruft Damaris.

»Der schläft«, sagt Damaris Mama.

»Ja«, sagt Damaris.

Pampel und Antonella schleichen leise raus und winken zum Abschied.

Clara schaut den beiden eine Weile hinterher. Schmunzelnd liest sie weiter.

»Das waren die Clowns«, sagt Damaris Mama.

»Clown«, sagt Damaris, »Bär.«

*\*\**

### 39. EIN WITZ

Kommt ein Mann zum Arzt: »Herr Doktor, Sie haben mir doch dieses Stärkungsmittel verschrieben!?«

Der Arzt: »Ja, was ist damit?«

Der Mann: »Ich bekomme die Flasche nicht auf.«

*\*\**

## 40. DAS HUNGRIGE KROKODIL

Die Clowninen Stift und Lilly schlendern singend und summend über den Krankenhausflur. Stifts Zöpfe wippen rauf und runter.

»Hihi«, kichert Lilly.

Lilly und Stift laufen an Maries Zimmer vorbei. Die Tür steht offen.

»Die Clowns. Die Clowns.« Marie zeigt auf die beiden.

Lilly und Stift bleiben wie angewurzelt stehen. Sie bewegen sich gar nicht mehr. Nur ihre Köpfe drehen sich. Sie schauen in Maries Zimmer. Marie sitzt in ihrem Bettchen und winkt den Clowns zu. Marie ist fast drei Jahre alt.

»Marie«, ruft Stift.

»Hallo, Marie«, ruft Lilly. Gleichzeitig lösen sich die beiden aus der Starre und flugs stehen sie an Maries Bett. Maries Fuß krabbelt unter der Decke hervor.

»Guten Tag«, sagt Stift und gibt dem Fuß die Hand.

»Hallo Stift«, sagt Marie.

»Ich hab Hunger!«, sagt Lilly mit ganz tiefer Stimme. Sie steht hinter Stift. Beide Arme sind ganz lang gestreckt und klappen auf und zu. »Hunger!«

»Ein Krokodil«, sagt Stift ganz unerschrocken.

»Hunger!« Lillys Arme klappen auf und zu.

»Ich glaub, das Krokodil will was fressen«, sagt Stift.

»Hier.« Marie gibt Stift einen Klebestift.

Stift schraubt den Klebestift auf und klebt den Mund vom Krokodil zu.

»Gut«, sagt Marie.

Das Krokodil versucht, Stift und Marie zu beißen, doch bekommt es den Mund nicht mehr auf. »Hm, hm«, nuschelt es, »ipf hapf hunpfer.«

»Hier.« Marie reicht Stift eine Plastikzange.

»Ah, gut«, sagt Stift, »damit kann ich das Krokodil füttern.« Sie schneidet mit ihren Fingern den Mund vom Krokodil auf und hält die Zange hin. Doch das Krokodil mag die Zange nicht.

»Bäh«, macht das Krokodil.

Marie nimmt den Klebestift und klebt den Mund wieder zu.

»So«, sagt Marie.

»Hunpfer«, sagt das Krokodil.

Stift findet einen aufgeblasenen Luftballon in Maries Bett. »Guck mal, Marie, vielleicht mag das Krokodil Luftballons?«

Marie schneidet mit ihren Fingern den Mund vom Krokodil auf und hält ihm den Luftballon hin. Das Krokodil macht sein Maul ganz weit auf und will zuschnappen, doch Marie ist schneller und stopft den Ballon dem Krokodil ins Maul. Kaum steckt der Ballon dort fest, schwebt das Krokodil in die Luft. Es dreht sich und kreiselt immer höher im Zimmer umher.

Stift singt: »Mein schönes, kleines grünes Krokodil fliegt immer höher,

gleich wird es ihm zu viel ...«

Das Krokodil ist schon bald am Nachbarbett. Da sitzt der zwölfjährige Francesco und schaut dem Geschehen schon die ganze Zeit staunend zu. Francesco kennt die Clowns schon lange.

Stift singt weiter:

»... doch an der Schnur, der langen,

hol ich es mir zurück.

Schon hab ich es gefangen,

da hab ich aber Glück.«

Da packt Francesco Lillys Schal, zieht und holt so das Krokodil aus der Luft herunter. Es landet unsanft vor Francescos Bett. Der Luftballon rutscht dem Krokodil aus dem Maul und fällt ihm ganz sanft auf dem Kopf, hüpft ein, zwei Mal und schwebt dann zu Boden. Francesco gibbelt vor sich hin.

Plötzlich reißt das Krokodil sein Maul ganz weit auf. »Ich fress dich jetzt«, sagt es zu Francesco.

Der nickt. Und während das Krokodil versucht, Francesco mit einem Happen herunter zu schlingen, ruft Marie: »Das blaue Häschen möchte jetzt auch mal den Luftballon haben.«

»Mofent«, ruft das Krokodil, »if hapf hier nof, mampf, mampf, eimem Ahm im Mauf.« Das Krokodil kaut auf Francesco herum. Das kitzelt fürchterlich, denn Francesco lacht und lacht und lacht.

»So«, sagt das Krokodil, »ich bin satt.«

»Nö«, sagt Francesco.

»Dann muss ich dich ja noch mal fressen«, sagt das Krokodil.

»Ja«, sagt Francesco.

Schon reißt das Krokodil sein Maul auf und verschlingt den lachenden Francesco.

Stift und Marie können nicht mehr warten, der blaue Hase möchte unbedingt den Luftballon haben. »Krokodil«, rufen sie, »Krokodil.«

»Ohhhh Mann«, sagt das Krokodil, »bin ich satt.«

»Nö«, sagt Francesco.

»Krokodil, komm jetzt«, rufen Stift, Marie und das blaue Häschen.

»Moment«, sagt das Krokodil, »ich muss eben Francesco das dritte Mal fressen.« Lilly, das Krokodil, steckt sich den Ballon unter ihre Pluderhose. Ihr Bauch ist jetzt ganz dick: »So siehst du aus, wenn du in meinem Bauch bist, Francesco.«

»Mein Luftballon?«, ruft das blaue Häschen.

Das Krokodil wankt zu Marie, Stift und dem Häschen. »Boah, ich hab keinen Hunger mehr, ich hab Francesco dreimal gefressen, ich hab, ich hab ... Bauchweh.«

»Du musst pupsen«, sagt Stift, »dann kommt Francesco wieder raus.« Francesco kichert.

»Ja«, sagt Marie, dann kommt der wieder raus.«

Das Krokodil pupst. Doch es hilft nicht. Francesco kommt nicht raus.

Stift gibt dem Krokodil eine Bauchmassage. Doch das hilft auch nicht. Francesco kommt nicht raus. Schütteln hilft auch nicht. Kitzeln auch nicht.

Stift ist verzweifelt. Sie fragt das blaue Häschen: »Kannst du mir helfen?«

»Hier.« Marie gibt Stift eine Stoffbiene. Die fliegt auch gleich los. Mit lautem Gesumme. Genau in Richtung Krokodil. Das weiß gar nicht, wie ihm geschieht und schon, piks, hat die Biene zugestochen. Das Krokodil springt mit einem Schrei in die Luft. Francesco und Marie lachen. »Noch mal!«, ruft Marie.

»Genau!«, ruft Stift. »Du hast Francesco dreimal gefressen, dann kriegst du jetzt drei Pikser.«

»Nein!«, ruft das Krokodil und läuft schreiend weg. Die Biene summend hinterher. Francesco und Marie kriegen sich nicht mehr ein vor Lachen. Beim dritten Piks fällt tatsächlich der Luftballon aus dem Krokodil heraus.

»Francesco, da bist du wieder!« Die Biene fliegt mit dem Luftballon zum blauen Häschen, das vor lauter Freude auf dem Ballon herumhüpft.

Das Krokodil setze sich unterdessen erschöpft neben Francesco aufs Bett. Plötzlich streckt Francesco seine Arme weit nach vorne aus, klappt sie auseinander und verschlingt das Krokodil.

»Hilfe!«, ruft das Krokodil, »Francesco hat mich gefressen. Ich will hier raus.« Doch Francesco lässt das Krokodil nicht mehr los.

»Hier.« Marie reicht Stift ein Einhorn. Das galoppiert los, durch die Luft, rüber zu Francesco und dem Krokodil.

»Marie«, ruft es, »ich brauch einen Zauberspruch.«

Marie ruft: »Sim sala pim.«

Im gleichen Augenblick pikst das Einhorn mit seinem Horn Francesco in den Po. Das Krokodil springt aus Francescos Bauch und dann gleich zur Tür heraus.

»Halt«, ruft Stift, »Krokodil, halt!« Sie läuft hinterher. »Halt! Krokodil!«

\*\*\*

# 41. ANMERKUNGEN

## 41.1 Anmerkungen zur Geschichte »Der Reisebär«

In der Geschichte »Der Reisebär« sind drei Aspekte prägend:
1. die wunderbare klare Aufteilung in den roten Clown (dummer August) und weißen Clown (Aufpasser),
2. die sogenannten »Verbündeten« – in diesem Fall Antonella und Melanie und
3. der »Statussturz«: Pampel macht einen auf großen Macker, aber kriegt es nicht auf die Reihe.

*Schlatge macht Musik*

Die Aufteilung in Rot/Weiß halten die beiden in der gesamten Geschichte durch, es erfolgt kein Wechsel: Pampel bleibt rot, Antonella weiß. Dies ist in diesem Fall auch gar nicht notwendig, die Geschichte klappt, und Antonella hat sie von Anfang an so angelegt: »Mal sehen, ob Pampel die rote Nase am Reisebär auffällt?«

Pampel nimmt das Spielangebot an und ihm fällt die rote Nase natürlich NICHT auf. Obwohl er großspurig ankündigt, dass er genau weiß, was der Reisebär und er gemeinsam haben. Durch die Ankündigung entsteht wohlige Spannung – weiß Pampel es, weiß er es nicht? Was nennt er jetzt für Gemeinsamkeiten? Natürlich hätte Pampel sich auch dafür entscheiden können, dass ihm die Nase beim Bären sofort auffällt. Aber wahrscheinlich hat er intuitiv gespürt, dass die andere Variante für diesen Tag mehr

Spielmöglichkeiten liefert.

Wenn man sich verbündet, meistens geschieht dies ja gegen jemanden, dann ist man stärker und genießt Schutz, der Verbündete kann auch schon mal als Fürsprecher auftreten. Natürlich braucht man auch Vertrauen zum Verbündeten – Antonella hat es leicht, denn sie kennt Melanie schon vom letzten Besuch. Außerdem muss sie ja gar niemanden schützen vor Pampel. Es geht eher darum, ihn mit diesem Bündnis besser scheitern zu lassen. Je mehr er den Macker markiert, umso lustvoller ist sein Versagen, sein Scheitern.

$$***$$

## 41.2 Anmerkung zur Geschichte »Spannender Alltag«

Die Geschichte »Spannender Alltag« ist ein hervorragendes Beispiel dafür, dass es die kleinen Impulse sind, die einfachen Dinge, aus denen wunderbares Spiel hervorgehen kann. Pampel reagiert auf den Sonnenstrahl, der ihm ins Auge fällt, Flocke greift den Impuls auf und aus dem Gespräch ergibt sich plötzlich eine »Lebensweisheit«: Jetzt, wo du mich nicht mehr blendest, kann ich dich erkennen. Auch im Folgendem machen Flocke und Pampel das Kleine, das Alltägliche groß. Da Christina und ihre Mutter lächeln, und die Mama sogar verbal mitspielt, bleiben die beiden bei diesem »Thema«, auch als die beiden anderen Clowns ins Zimmer kommen. Schlatge greift es ebenfalls auf und Lisette ergänzt dies mit dem Thema Theater. Daraus ergibt sich eine wunderbare Möglichkeit, das Spiel zu einem Ende zu bringen, es »rund zu machen«, indem alle überprüfen müssen, ob das mit dem Küssen stimmt. Es ein sehr verbales Spiel und im Grunde kein körperliches, doch schien es für das sechzehnjährige Mädchen angemessen, und es war für sie und auch ihre Mutter sehr erheiternd.

✳✳✳

### 41.3 Anmerkung zur Geschichte »Der piksende Stuhl«

Diese Geschichte ist ein treffendes Beispiel für das Spielprinzip »Roter Clown / weißer Clown«. Pampel über nimmt hier die Rolle des roten Clowns, Antonella die des Weißen. Während Pampel den »Quatsch« machen darf, passt Antonella gut auf!

Doch erst einmal merkt Pampel, dass Lilly etwas zurückhaltend ist und deshalb »spielt er den Opa an«, der die Clowns ja herzlich begrüßt. Er lässt Antonella Zeit, das Spielangebot »aufs Bett setzen« anzunehmen, indem er seinen Hintern gaaaannnnnz langsam auf das Bett senkt. Er ist sich sicher, dass Antonella das Angebot annimmt, da für die beiden Clowns klar ist, dass sie sich aus hygienischen Gründen nicht ohne triftigen Grund aufs Bett eines Patienten setzen.

Antonella gibt Pampel durch eine geschickte Formulierung eine Steilvorlage: Sie sagt, »Du darfst dich nicht auf DAS Bett setzen«, sodass Pampel, wie er nun mal ist, gleich darauf kommt, dass er sich auf das andere Bett setzen kann. Ein Geschenk, das eine Krankenschwester das leere Bett aus dem Zimmer holt.

Die beiden wechseln aber nicht das Thema, sondern bleiben beim »Sitzen«. Nun ist es an Pampel, Antonella eine Steilvorlage zu geben: Er setzt sich nicht einfach, plumpst auf den Stuhl, sondern zelebriert das Hinsetzen. Alles wird bewusst »bespielt«. So lässt er Antonella Zeit, auf das Hinsetzen zu reagieren. Sie pikst ihn in den Po. Sie hätte sich auch dazu entscheiden können, zu sagen, dass sich Pampel auch nicht auf den Stuhl setzen darf, aber sie entscheidet sich für die spielerische Variante – was meistens besser ist, damit die Clowns dann ins Handeln kommen. Zum Schluss hinterlegt Pampel einen Zettel für den Arzt. Das trägt das Spiel über die Anwesenheit der Clowns hinaus. Egal, wer sich später mal auf den Stuhl setzen wird, Lilly wird sich an den Besuch von Antonella & Pampel erinnern. Und vielleicht spricht Lilly auch den Arzt auf den Zettel an und schon haben die beiden was zu kichern.

***

### 41.4 Anmerkung zur Geschichte »Das Geschenk«

Nach drei Stunden als Klinikclown, da ist der Clown auch schon mal erschöpft – drei Stunden hoch konzentriert auf sich, auf den Spielpartner, die Kinder, die Ärzte, Krankenschwestern und Pfleger, die Eltern, die Gesamtstimmung im Zimmer, auf der Station, im Wartezimmer, die Antennen ständig auf Empfang, ganz im Hier und Jetzt, das erfrischt, aber der Clown weiß dann auch, was er getan hat.

So war der erste Versprecher von Antonella, »hallo, ich bin Pampel«, nicht beabsichtigt. Doch er ist ein Geschenk für das wunderbare Namensverwechslungsschüttelspiel. So greift Antonella den Versprecher auf und wischt ihn nicht weg. Pampel überlässt Antonella ganz das Feld, unterstützt das Spiel und die Idee dahinter konsequent, ohne das Zepter in die Hand nehmen zu wollen, was auch gar nicht nötig ist. Er merkt auch, dass Antonella nicht ins Schleudern kommt. So kann sie das Spiel genüsslich ausschöpfen.

Da die beiden Clowns beim Eintritt ins Zimmer von allen mit Lächeln willkommen geheißen werden, nehmen sie auch relativ schnell mit ihrem Spiel Fahrt auf. Auch während des Spiels sind alle die ganze Zeit mit ihrer Aufmerksamkeit dabei. Was man auch an dem Jubel erkennen kann, als Antonella ihren Namen schließlich erraten hat. Antonella hält auch weiterhin als »weißer« Clown das Zepter in der Hand, als sie zum Thema Geschenk überleitet. Pampel ist überrumpelt und fängt den Ball auf. Schließlich nimmt er die erstbesten Dinge, die er findet, als Geschenke. Dies erheitert nicht nur Lisa, unvergessen bleibt ihr Satz, als Pampel dem Mädchen ihre Mutter schenken will: »Die gehört mir doch schon.«

Antonella gibt dann Pampel wieder einen Impuls, in dem sie auf ein Geschenk im Koffer hinweist. Pampel nimmt dies dankend auf, macht da eine richtige Nummer draus, indem er den Hund im Koffer schon zum Leben erweckt, obwohl der Deckel noch zu ist. Dies steigert die Neugier bei allen – Antonella übernimmt sicherheitshalber den Part der Vorsichtigen, aber bei Lisa ist das gar nicht notwendig. Sie ist ganz und gar positiv gestimmt und freut sich über ein »richtiges« Geschenk. Das Bellen des Luftballonhundes ist noch lange im Krankenhausflur zu hören.

\*\*\*

### 41.5 Anmerkung zur Geschichte »Der Schluckauf«

Ein Spiel ohne Worte und ein schönes Beispiel dafür, wie Clowns die Stimmung ein wenig verändern können. Die Oma knetet nicht mehr so angespannt an ihrem Taschentuch herum, und ein Kind hört auf zu weinen, weil es den Clowns zuschaut. Der Wartebereich eignet sich oft ganz gut, um ein kleines Spiel zu etablieren. In der sorgenvollen Atmosphäre dieses Bereiches haben Pampel und Flocke unaufgeregt eher mit sich selbst und ihren Problemen gespielt – ein Schluckauf, der anfänglich echt war, der entsteht, wenn Pampel sich auf einer ganz bestimmten Stelle befindet. Diese Stelle löst bei Flocke ein Niesen aus. Im stillen Spiel mit Blickkontakt zu einem Mädchen, das sich ein wenig auf dieses Spiel einlässt, sind die beiden Clowns zwar sehr präsent, aber nicht aufdringlich. Wer mag, kann zuschauen, wer nicht mag, nicht.

∗∗∗

### 41.6 Anmerkungen zur Geschichte »Die kaputten Seifenblasen«

Deutlich ist für die beiden bei der Begegnung auf dem Flur zu erkennen, dass Noel, na sagen wir mal, den Clowns mit Skepsis begegnet. Dies respektieren Pampel und Antonella und überlassen Noel die Entscheidung, ob die beiden ins Zimmer dürfen. Pampels Gesang verbreitet eine heitere, ungefährliche Stimmung. Ja, Antonella bestärkt im Grunde noch Noels Entscheidung, indem sie sagt, dass die Seifenblasen viel besser zu sehen sind, wenn die beiden Clowns vor der Tür stehen.

Als Pampel die Seifenblasen aus seinem Koffer holt, erklärt er auch ganz genau, was er tut und Antonella sagt, was sie gleich tun werden, damit für Noel ganz genau nachzuvollziehen ist, was passiert. Eigentlich würde dann ein simples Spiel mit Seifenblasen reichen: Seifenblasen pusten, staunen ..., doch da Noel sich köstlich amüsiert, als sie kaputt gehen, ist für Pampel und Antonella klar, wie der Hase läuft. Das Clownprinzip »noch mal« wird hier nun angewandt und Noel kann wirklich jedes Mal darüber lachen.

***

### 41.7 Anmerkungen zur Geschichte »Antonella auf dem Wackelpudding«

Ein »short and stupid« Spiel, in dem Pampel sich mit Liam verbündet, und gemeinsam nehmen sie Antonella auf den Arm. Antonella kann von ihrer Position im Zimmer Liam tatsächlich nicht sehen, da das Zimmer eine L-Form hat. Liam greift die Frage von Antonella: »Ist hier überhaupt jemand im Zimmer?«, auf und versteckt sich. Indem Pampel dies wiederum aufgreift, bestärkt er Liam in seiner Idee, und es entwickelt sich ein schönes Verwirrspiel. Antonella hat tatsächlich keine Ahnung, dass sie sich auf etwas setzt. Pampel stützt sie deshalb beim Setzen sehr stark ab. Antonellas Schrecken ist allerdings echt und äußerst witzig. Ihr geht es dann bald so »schlecht«, dass sie einen Arzt braucht. Dies ist eine gute Gelegenheit, das Spiel zu beenden, aus dem Zimmer zu gehen und das Spiel rundzumachen. Es ist ja auch kaum noch steigerungsfähig. Für Liam ist es auf jeden Fall rund, was an seinem Kommentar zu hören ist, als die beiden gehen: »Möh.«

***

### 41.8 Anmerkung zur Geschichte »Aus dem Zimmer gepupst«

Florian hat ganz klar signalisiert: Lasst mich in Ruhe. Es kommt in diesem Falle natürlich vor, dass die Clowns dies respektieren und gehen. Doch Flocke und Pampel kennen Florian, und bisher hatte er immer Spaß an und mit den Clowns. Flocke hat dann ganz geschickt das Geräusch der Apparatur aufgegriffen, die halt dieses Pupsgeräusch macht. Hätten Flocke oder Pampel Florian direkt angesprochen oder angespielt, wäre der Schuss wohl nach hinten losgegangen.

Florian findet Spaß am Pupsen und wirkt dann auch sichtlich entspannter. Einfach mal Quatsch machen, tut manchmal gut. Zumal Florian mit seinem Pupsen das Zepter in die Hand nehmen und aktiv sein kann, trotz seines geschwächten Zustandes.

\*\*\*

### 41.9 Anmerkungen zur Geschichte »Das Pflaster«

Alle Beteiligten kannten sich, das ist auch gut so. Denn sonst käme leicht der Verdacht auf, dass die Clowns instrumentalisiert worden sind – also aufgepasst, liebes Krankenhauspersonal und liebe Clowns. In diesem Falle ging es ja gut. Eine typische Ablenkungsgeschichte, die gelingen konnte, da Flocke und Pampel das Thema Angst mit aufgegriffen haben.

\*\*\*

## 41.10 Anmerkungen zur Geschichte »Trost«

Einfach nur schön.

\*\*\*

## 41.11 Anmerkungen zur Geschichte »Kopfweh«

Die Geschichte bietet ein schönes Beispiel dafür, dass man mit dem, was da ist, ein wunderbares Spiel etablieren kann: Der Schirm, der gegen Antons Kopf stößt, der leichte Schmerz, der dadurch entsteht, den Anton artikuliert und Pampel aufgreift. Ihm ist in diesem Moment ein Witz eingefallen, den er als Kind sehr gemocht hatte: »Herr Doktor, tut es auch ganz bestimmt nicht weh, wenn Sie mir den Zahn ziehen.« »Keine Sorge«, antwortet der Zahnarzt, »Sie werden den Zahn gar nicht spüren.« Dabei zwinkert er seiner Arzthelferin heimlich zu. »Ich zähle bis drei«, sagt der Arzt zu der Patientin, »und kaum, dass Sie sich versehen, ist der Zahn schon draußen.« Der Arzt zählt also und kaum ist er bei drei angekommen, zieht er den Zahn. Gleichzeitig rammt die Arzthelferin eine Nadel in den Po der Patientin. »Na?«, fragt der Arzt, nachdem er den Zahn gezogen hat, »haben Sie den Zahn gespürt?« »Den Zahn nicht«, antwortet die Patientin, »aber die Wurzel hat ganz schön tief gesessen.«

Pampel vergewissert sich bei Marvin, ob ihm sein Plan, Anton zu zwicken nichts ausmacht, indem er schon mal andeutet, was er vorhat. Als Marvin kein Missfallen erkennen lässt, schlägt Pampel gnadenlos zu.
Als Marvin und seine Mutter dann befreit auflachen, kennen die beiden kein Halten mehr. Sie bleiben konsequent bei dem Spiel,

ganz im Sinne des »noch mal-Prinzips«, also was gefällt, wird wiederholt, sie steigern allerdings das Tempo und die Intensität.

Anton findet dann auch einen logischen Abschluss, indem er hinausläuft und nach einem Doktor ruft.

*\*\**

## 41.12  Anmerkung zur Geschichte »Der Winkekarton«

Der Winkekarton ist ein schönes Beispiel dafür, wie amüsant es sein kann, wenn sich ein Clown mit den Kindern gegen den anderen Clown verbündet. Die beiden Clowns kannten die beiden Kinder gut – so war sich Pampel recht sicher, dass Jonathan sich auf das Spiel einlässt. Flocke hat auch ganz souverän die Rolle derjenigen, die veräppelt wird, angenommen und durchgehalten. So konnte sich ein rundes Spiel entwickeln, bei dem alle ihren Spaß hatten. Besonders Pampel.

*\*\**

## 41.13  Anmerkungen zur Geschichte »Heute nicht«

Ein schönes Beispiel dafür, dass die Clowns die Wünsche der Kinder, in diesem Falle Jugendliche, ernst nehmen und respektieren und trotzdem gute Stimmung erzeugen können. Wenn Pampel allerdings Sophie nicht so gut gekannt hätte, hätte er sich wahrscheinlich sofort verabschiedet, denn diese Bemerkung hätte er sich bei einer »Fremden« nicht erlauben dürfen.

## 41.14 Anmerkungen zur Geschichte »Klopf, klopf, klopf«

Gerade bei jungen Kindern reicht es meistens völlig aus, wenn die Clowns einfach da sind. Weniger ist da oft mehr. Die bunten Gesellen sind für die Kinder schon Attraktion genug. Kaum, dass sie gelernt haben, Gesichter zu erkennen, kommen da welche her, die eine unförmig dicke rote Nase haben. Dies kann für Irritationen sorgen, gar Angst machen. Deshalb sind die Klinikclowns von Clownsvisite auch kaum geschminkt, manche tragen auch aus diesem Grund nur einen roten Punkt auf der Nase.

Pampels Gesang, mit einer fröhlichen Melodie, die beiden Clowns, bunt anzusehen, das reicht für Joel schon aus. Die fröhliche Stimmung, die die Clowns erzeugen, überträgt sich von Joels Mama auf Joel – das alles reicht, um ein positives, nachhaltiges Erlebnis bei Joel hinterlassen.

Wenn Sie, liebe Leser, »Klopf, klopf, klopf« vorlesen, dann singen Sie ebenfalls das Lied und finden Sie ihre eigene Melodie.

***

## 41.15 Anmerkung zur Geschichte »Lieber gruselig als langweilig«

Ob es Isabell wirklich langweilte, was Antonella und Pampel da anfangs produzierten, lässt sich im Nachhinein nicht mehr sagen – auf jeden Fall war Isabell bei den Clowns, und die haben sich nicht irritieren lassen von der Langeweile, sondern damit gespielt. Schließlich haben die beiden Clowns aufgegriffen, dass Isabell gesagt hat, sie mag es lieber gruselig als langweilig. Als

Pampel sich dann vor Isabell »fürchtete«, fand sie es auf jeden Fall nicht mehr langweilig, was die beiden da produziert haben ...

\*\*\*

### 41.16 Anmerkung zur Geschichte »Klebender Luftballon«

Flocke und Pampel kennen Aram ganz gut. Sie haben ihn schon oft besucht – sonst würde Pampel auch nicht einfach Arams Handy nehmen. Doch Pampel ist sich sicher, dass Aram sich sicher ist, dass dem Handy nichts passiert und außerdem weiß Pampel, dass Flocke da ist, die ihn ... das Handy schon schützen würde. Bei einem der früheren Besuche Arams hatte es sich bei einem Spiel ergeben, dass Flocke einen Potritt bekam. Dies hatte Aram so belustigt, dass die beiden dies nun jedes Mal machen müssen, wenn sie Aram besuchen. Warum auch nicht ..., findet auf jeden Fall Pampel ...

\*\*\*

### 41.17 Anmerkung zur Geschichte »Schleudertrauma«

Der durch seine Krankheit geschwächte Ruben kann bei dem Besuch von Flocke und Pampel ganz stark sein, und vielleicht spricht es sich ja auch bis in Rubens Unterbewusstsein rum: Ich bin stark.

\*\*\*

### 41.18  Anmerkung zur Geschichte »Windmühle«

Schön hier zu sehen, wie Pampel sich überraschen lässt, welche Gegenstände Antonella ihm als Werkzeug überreicht. Als die Kinder schließlich laut aussprechen, dass die Windmühle gar nicht kaputt war, sondern Pampel einfach drüber gepustet hat, verbündet sich Antonella mit den Kindern und Pampel bekommt Schelte. Ein guter Grund für Pampel, das Zimmer zu verlassen, um dann die nächste Gelegenheit zu nutzen, vor einer Krankenschwester anzugeben. Aber Antonella kann es ihm irgendwie nicht übelnehmen.

∗∗∗

### 41.19  Anmerkungen zur Geschichte »Die Bärenrutsche«

Indirekt holen Pampel und Antonella die Erlaubnis von Damaris ein, mit ihrem Bär zu spielen – Damaris »Bär« klingt nicht so, als ob sie es nicht möchte. Und schon kann das Rollenspiel losgehen. Da es so gut ankommt, rutscht der Bär auch gleich ein zweites Mal. Weil Clara aufmerksam zuschaut, wird auch ihr Hund mit einbezogen, und da sie schon älter ist, sie auch gleich: Der Hund hüpft über ihren Kopf zum Nachbarbett. Und da Pampel gerne noch einen draufsetzt, sollen auch gleich die Jacke, die Bettdecke und das ganze Bett rutschen. Da Damaris noch so jung ist, bleibt es bei der Frage und Antonellas Antwort, die Clara schmunzeln lässt. Sonst hätten die beiden sich bestimmt nicht bremsen lassen.

### 41.20 Anmerkungen zur Geschichte »Das hungrige Krokodil«

Wunderbar, wie die beiden Clowns Stift und Lilly beide Kinder in die Geschichte miteinbeziehen und deren Impulse und Anregungen in diese verrückte Geschichte einfließen lassen. Da die beiden Clowns Francesco gut kennen, kann das Krokodil den Jungen auch sofort fressen, bei einem Kind, das diese Clowns zum ersten Mal begegnet, wäre dies sicherlich nicht der Fall gewesen. Doch Francesco genießt das körperliche Spiel und fordert ein, dass er ein zweites und drittes Mal gefressen wird. Schön, dass das Krokodil hier nicht mit der normalen Vernunft reagiert und erklärt, dass man niemanden zweimal fressen kann, sondern dass die Clownslogik regiert und das Kind tatsächlich dreimal verputzt wird. Klar, dass dies Bauchweh verursacht...

✳✳✳

 Thomas Wewers, staatlich anerkannter Erzieher, Heil- und Theaterpädagoge sowie professionell ausgebildeter Clown an der Schule für Tanz und Theater (TuT) in Hannover. Er arbeitete viele Jahre im Gruppendienst und als Wohnbereichsleiter in der Behindertenarbeit, ist nun als Kulturmanager im Johannes-Busch Wohnverbund Lüdenscheid tätig, schreibt Geschichten, spielt Theater und macht Regie. Er war lange Jahre als freischaffender Clown und als Klinikclown bei Clownsvisite e.V. tätig.

50 % des Autorenhonorars, das durch den Verkauf dieses Buches entsteht, geht an den Verein Clownsvisite e.V.

*So hat Pampel seine Zeichnung genannt: Krickellakrackel (siehe Kapitel 18. Punkte)*

*Luftballonwirrwarr: Jede Leine führt zu jeden Ballon! (siehe Kapitel 15)*

*Tschüss, macht's gut, auf Wiedersehen ...*

## 41.21 Dankeschön

Ein großes Dankeschön an alle meine Testleser:
Emma Lisa Wewers, Gabriele Müller, Marlon Lieverscheidt,
Charlotte Grell, Lina Ackerschott, Silke Eumann, Andreas Stach,
Dagmar Timmermann, Marcus Wenderoth, Stefanie Schröder,
Lisa Bohren-Harjes, Klaus Tietz und an meine Lektorin Elsa Rieger.

## 41.22 Weitere Bücher von Thomas Wewers:

*Ritter Namenlos – ein Märchen*
Kurzbeschreibung:
Wie nehmen Menschen mit starken geistigen Behinderungen
wahr? Was denken sie? Was fühlen sie? Warum haben sie Tics?
Fragen, die sehr schwer zu beantworten sind. Thomas Wewers
nähert sich in seiner Geschichte vom Ritter Namenlos diesen
Fragen auf poetischer Weise. Ohne pädagogisierend oder morali-
sierend zu werden, entführt der Autor uns sprachgewaltig in eine
bizarre Bilderwelt in der der Protagonist, Ritter Namenlos, auf
der Suche nach Abenteuer und Reichtum Kämpfe zu bestehen
hat, bei der er nach und nach feststellt: das Schwert benötigt er
nicht, um einen Schatz zu finden, sondern innere Stärke und
Achtsamkeit.

„Ein tolles Buch, das sehr einfühlsam auf die Welt von Menschen
mit geistiger Behinderung eingeht. Ein Werk, das man auch gut
mit Kindern lesen kann, um ihnen das Thema "Behinderung" in
Form eines Märchens näherzubringen. Fünf von Fünf Sternen für
diesen fundierten und zauberhaften Einblick." (Elise)

Zeitfracht Medien GmbH
Ferdinand-Jühlke-Straße 7
99095 Erfurt, Deutschland
produktsicherheit@kolibri360.de